Le quattro Stagioni a Bologna

博洛尼亚四季

马宇晴 ⋆ 著绘

中国轻工业出版社

马宇晴

笔名蛇热热，1997年生。本硕分别毕业于意大利博洛尼亚美术学院插画漫画专业与插画出版专业，现作为自由插画师在意大利生活。

作品以细腻的手绘为主，屡获国际奖项并为海内外杂志、小说、绘本等出版物绘制插图。

前言

首先，非常感谢你选择了这本书，成为我的读者！每位插画师都曾在漫长的学习和练习中创作过无数无名的画作，然而只有那些最终被读者看见的作品，才能完成艺术品的生产-消费闭环，是读者的阅读让我的作品变得完整。

在这本书里，我以日记的形式讲述了我在博洛尼亚生活的所见、所闻与所感，并将一些当地有趣的活动与风俗习惯介绍穿插其间。选择以“四季”为主题，原因有二：一是由于意大利常年气候温和、四季分明，很多特色文化活动是基于季节举办。二是我从当地人的文化中感受到他们对顺应自然的追求。在季节气候的变化中，人们的心境也会产生些许改变，有时欢欣惬意，有时焦躁低落。在明媚的阳光里传递快乐，在连绵的雨季相互安慰，使我感受到这座城市的人文情怀。

意大利是个很美的地方，在这里生活的几年间，我不厌其烦地反复观察着沿路的建筑与风景，一遍遍赞叹意式美学之妙，我的绘画毋庸置疑受其影响，并且在这本书中也努力将它展现给读者。在文章的写法上，我想避免枯燥的罗列式描述，尽量把博洛尼亚一些特色地点融入自身经历的讲述中，希望可以让读者有一种身临其境的感受。

我画过许多命题插画和别人的故事，这是我第一次写下关于自己的故事并为之绘制插图。创作过程漫长，也曾遇到过一些困顿与疑惑，为此，这期间我不断精进绘画，最终找到了自己的方式来呈现这部作品，希望你喜欢它！最后由衷地感谢中国轻工业出版社的编辑老师们对我的信任与支持，和为这本书面世的悉心付出，也希望每一位正在努力的插画师都能遇到自己的伯乐。

目录

春季

夏季

秋季

冬季

春季

3月16日 晴 ☼ 春夜冒险

我接到了一个在会展中心的兼职工作，不巧的是从家到会展中心并没有直达的公交线路，我决定去借来朋友闲置已久的自行车。

从小我就和自行车有着不解之缘，所就读的学校都可骑车到达，父母的通勤也都靠骑车，简直是“自行车之家”。骑自行车需要头脑与四肢相协调，实在是一项需要全身心投入的运动。

朋友这辆车一年都被放在院子里遭受风吹雨淋，锁已经锈蚀，前车胎也有破损。幸运的是后胎比较完好，费些力气应该可以坚持骑到修车店。

我拖着瘪掉的前车胎，骑车上了路。已是3月，气温不高，但风里带着初春的暖意。平时透过公交车窗看到的街景，此刻无比广阔地展现在我的面前。天色开始放暗，落日余晖笼罩着街边小楼，留下柔和的暖色光晕，街边的树不知从何时开起了靓丽的白色小花。路灯与临街的招牌纷纷亮起，博洛尼亚特色的步行拱廊像波浪一样徐徐后退。路过的一位意大利爸爸顶着凌乱的头发，面无表情地抓着一辆小学步车，一手扶着骑在肩上啃着比萨的孩子，看起来很滑稽。

因为骑行费力，路程好像变得无比漫长，但我不觉煎熬反而充满干劲。在修车店换了车胎又修了闸线，回程变得轻快不少。

回到家时，我模样狼狈，头发被风吹乱，手也蹭上了修车工人没有擦净的油泥，衣服汗津津地贴在身上，由于那段时间疏于锻炼，腿也开始酸痛。但我却有种久违的畅快感，窃喜于这场小小的冒险。

想起高中毕业后刚到国外，适应新的环境、学着独自生活，这样的变动让我每每遇到问题都会绷起神经，拼命寻找对策。随着年龄增长，我学会了独立，需要紧张面对的大麻烦也越来越少。

年轻的勇气在于不怕自己陷入狼狈的困境，并且时刻怀着见招拆招的心态。这次冒险仿佛在我的日常生活中开启了一扇任意门，透过门似乎看到了那段鲁莽天真、横冲直撞的时光。我对自己感到欣慰，原来曾经的勇气并没有消逝，而是已经化为我内心的一部分。

今日絮语

关于自行车的宝贵记忆真的有很多，现在又增加了一个。

ARMI

3月31日 晴 调夏令时

初春，随着复活节假期到来的是从冬令时到夏令时的调整。在春分月圆后的第一个星期日，一天变成了23小时，人们需要调快所有的表，太阳更早升起，意大利与中国的时差也从7小时减少为6小时。

起初，欧洲对于冬夏令时的设定是为了节约能源，但没有人喜欢调夏令时。只感到一切都变得仓促，当我按照9点起床的作息，时钟却显示已经10点，昏昏沉沉地坐在电脑前，肚子感到饿，准备做午饭时却发现已经下午2点，好像一天也没做什么，但很快又到了该睡觉的时刻……宝贵的休息日却因为调夏令时硬生生少了一小时，岂有此理！

虽然只是时间的小小变化，我却觉得周遭的一切都变得不同。早晨下了雨，风也吹得门窗哐哐作响，但已不像寒冬，只觉得是春天在闹脾气罢了。萌发了嫩叶的树枝喜欢雨，每下一遍都愈发青葱，不知不觉中已满目新绿。

邻居家晒了一排很可爱的小袜子

空气也不似寒冬时那样干爽，在皮肤上留下微微潮湿的感觉，唤醒了久违的关于炎热的记忆。路上的人们穿衣各式各样，有人仍然裹着大衣，也有少年少女迫不及待地露出了双臂和腿，很是潇洒。

当我结束一天的画画工作，时钟已指向傍晚6点，窗外正值落日，耀眼的阳光洒进屋里，把桌上的一切都照得闪闪发亮，而在不久前的冬日6点时早已漆黑一片。瞬间，随着光与温度，去年夏日的记忆通过感受回到了我的身边：仿佛永远不会减弱的阳光，灼热的大地，此起彼伏的虫鸣，皮肤上潮湿的感觉……从今往后，天气会逐渐炎热，夜晚也会愈发短暂。

曾经读丰子恺写关于东西方文人对春天定义的不同，说中国人笔下的春天往往是初春，阴晴不定，强风细雨，但文人总能从这背后看到春的迹象与希望。而西方人描述的春天往往是5月，春风和煦，万物生长。

也许在人们眼里，世间的景象从来都不是绝对的，印象往往混杂着主观的感受。在我看来，夏令时的存在确实给了春天一个具体的时间，周遭的景象变得彻底不同，白昼似乎在无限拉长，万物不知疲倦地疯长。在我成长的前18年从未经历过夏令时，而随后出国的几年间，所有春夏的回忆都与它有关，也因为它，我在意大利的每个夏天都如此难忘。

今日絮语

调夏令时常常让人抱怨，相反冬令时的调整能让人多睡一小时，大家认为这种舒适是理所应当，并不会引起讨论。

春天时玛格丽特公园的草坪（图右）

初中放学，亲戚家的母猫生了一窝小猫，妈妈带我去接一只回来养。我会永远记得那个春天的下午，我坐在妈妈的自行车后座，抱着纸箱里的我的第一只小猫

4月5日 晴 ☼ 山顶教堂

对于意大利的孩子来说，春天是幸福的季节，因为有复活节、意大利解放日、劳动节、共和纪念日这一连串放假的节日，上学时学校也常会组织春游。在博洛尼亚，欣赏春日美景的同时又能锻炼身体，最好的方式是通过步行爬山参观圣卢卡（San Luca）教堂。

圣卢卡教堂位于博洛尼亚的小山丘上，几个世纪以来一直是博洛尼亚的象征。这座古老的具有一千多年历史的大教堂由一条4千米长的拱廊道路与市中心城墙相连，由666个拱门组成，每道拱门都有编号，从城门的1号拱门起点出发，到终点山顶教堂的666号。虽然现在修有公路，也有从市中心出发的观光车，但是大多数参观者都会选择步行走一走这条朝圣者的道路。

到圣卢卡教堂的山路

遥望圣卢卡教堂

爬山抵达圣卢卡教堂并不算一项轻松的运动，全程有平缓的部分，也有上山的坡道，其间的乐趣是一边数着拱廊的编号，一边鼓励着自己行进。天气好时，阳光从高高的拱廊洒下，把橙黄色的墙照得很是绚丽，映衬着远处宝蓝色的天空与层层叠叠的绿树，途中有一些观景台可以俯瞰博洛尼亚的城市景象，春天的路边常常开满了山花，仿佛印象派的油画。到达山顶参观教堂，投币后点燃一支蜡烛，可以虔诚地许愿祈福。还记得几年前我刚来博洛尼亚，在美院入学考试前曾在教堂点过蜡烛，许愿入学顺利。

每次从旅行地坐大巴或汽车回到博洛尼亚时，在公路上总能远远看见圣卢卡教堂，它在绿茸茸的山间恢宏又神圣，很难想象这样一项庞大的工程是几代人怀着怎样的虔诚建成的。在旅程的归途望见它，就意味着回到了博洛尼亚，总会有一种安心的感觉。

4月12日 晴 ☼ 害怕童书展

国内许多喜欢插画的朋友第一次听说博洛尼亚都是从童书展开始的。这个历史悠久的展会于每年春天举办，聚集世界各地的童书从业者，设立出版社的展位，向世界展示各式各样有趣的书籍。同时各国的插画师也会带着作品，展示自己的才能，寻找合作机会。从创作、印刷到出版，童书展给了世界范围的从业者集中交流的机会。

听起来很美好吧？在我上大学时，每年举办童书展期间，学校都会停课，那时无忧无虑，去逛展学习很是愉快。可毕业后开始怀着寻找机会的心态，事情就变得残酷起来。我以插画师的身份去童书展已有两年，每次都能受到不大不小的“精神伤害”。

不只是看到来自全世界身怀绝技的插画师同行，也常遇到自己信心满满地拿出作品被编辑两三语就彻底否决的情况，导致我现在每想到童书展，内心都泛起一丝寒意。这种不快的感受，会被自我认定成软弱，要强迫自己克服。必须承认的是，每次“心碎”后我都会获得进步。今年被编辑否定、批评，话说得很是严厉。在回程的公交上，我看着窗外抹眼泪，感觉真是糟糕透顶。

一些世界闻名的插画师会在童书展办签售会

当我情绪稳定后回想起那些话，意识到那确实是我现在作品的缺陷，也是我今后改进的方向，被批评也不是一件坏事。插画师的工作看起来有趣，但每次切实的进步都是伴随着心碎而来。之前我对“疼痛会让你更强大”这样的“心灵鸡汤”嗤之以鼻，现在看来某种程度上确实是有道理。

今年随童书展展出的还有比利时作家安妮·布鲁亚尔德的作品，她笔下温柔宁静的故事和绘画深深地治愈了我，成了我爱不释手的睡前读物。每次参加完书展后我都会想，会不会有的插画师内心坚强从不受伤？那真是宝贵的才能呢！

美院展位上我的一位漫画老师，他看书看得实在太入迷，让我觉得莫名好笑

4月14日 晴 复古集市

每个月的第二个周末，博洛尼亚市中心的广场上会举办复古集市，职业古董商人和收藏二手物件的玩家齐聚于此，现场熙熙攘攘。不管参与者是否为资深古董收藏家，只是单纯地欣赏集市琳琅满目的老式物件也很有趣，所以我常常期待着复古集市。

复古（Vintage）概念在国外年轻人之间很受欢迎，通常指20世纪50～90年代的衣物、器具、珠宝，甚至唱片，出版物也有一部分收藏人群。

与逛普通集市有很大不同，一方面，逛二手集市前，你并不知道自己会遇到什么样的商品，随机性成了一种魅力，人们常盼望着意料之外的收获和惊喜。另一方面，这些“老物件”通常有着与现代工业设计相异、让人眼前一亮的风格，年代久远的特性往往也证明了值得信任的质量，加上比全新品更为低廉的价格，二手古董在欧美有着不小规模的玩家，也可以看到很多外国游客专程来逛集市。

在意大利总能感受到一种对旧时光的怀念，甚至成了一种文化风潮。20世纪70～80年代成了一种符号，“黄金时代”的象征（我之前还参加过老师举办的要求着装成20世纪80年代风格的聚会）。“复古风格”其实是对那个互联网刚刚兴起，朝气蓬勃、充满希望的时代的追念，对一去不复返的时光的留恋。

皮诺曹也是意大利
的一大标志

28

这个周末的气温有些反常地高，仅是4月就达到了30℃。复古集市人头攒动，那些在阳光下闪闪发光的小物件，让我浮想联翩。虽然几乎都被清洁处理后再来售卖，但大多物品仍有着难以抹去的使用痕迹和陈旧感。它们都有着一段历史，一段与旧主人的回忆，历经世事来到这里，等待着与新主人结缘，续写新的故事……

复古集市的一大乐趣——
讨价还价

今日絮语

上次在复古集市买到的手链迅速地丢了，是不是实在与我没有缘分呀！

Z Z Z

4月17日 晴 ☼ 兼职工作

昨天我在外奔波一天，只睡了4小时便出门做口译的兼职工作。

我本质上是一个不善言辞的人，作为插画师每日面对纸笔，说起话来甚至常常舌头打结。但有时我又能伪装起来，强迫自己扮演起能胜任工作的形象：能说会道，思维活跃。我扮演得还不错，只是这样的事情要消耗掉我大量的精力。

高中时我非常喜欢日本漫画，其中总有一些常见的情节——夏季的烟火大会，午餐时的便当盒；超市或咖啡厅的兼职工作：漫画角色们换上工作服，精神饱满，与体贴的同事相互打气，遇到有趣的客人，下班后来上一罐汽水或者啤酒……这是多么积极充实的生活状态！毕业后才发现漫画把工作辛劳几乎略去了。在真实的世界里，我常做翻译，这种需要与人沟通的工作和在家闷头画画天差地别，让我难以适应，常在前一天晚上紧张失眠。

BOMBOLONI

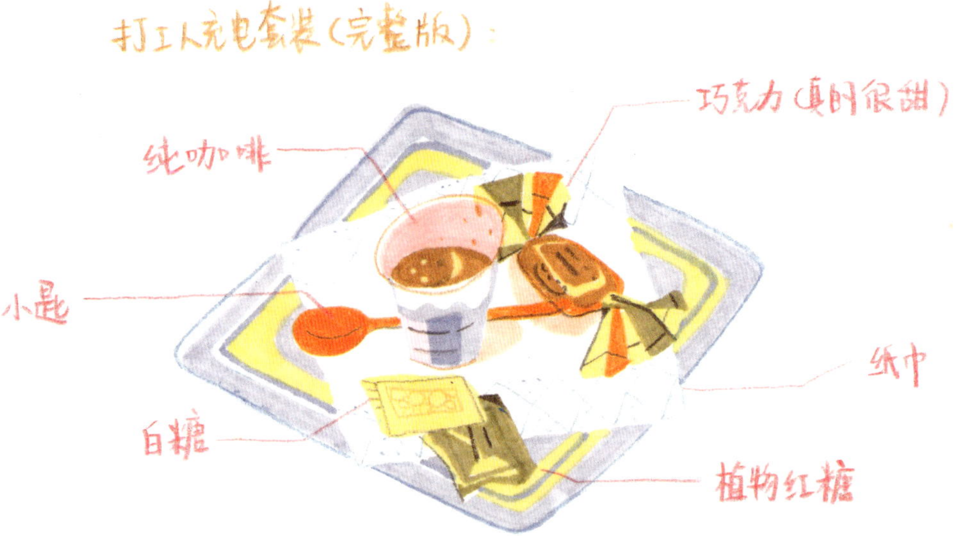

要记录我的兼职工作，我一定不会美化这样的苦差事，我会写：

“即使严重睡眠不足，工作日时我也常在闹钟响起之前醒来。清晨时分的光线蓝荧荧的，色调清爽，但也并没有让一团云雾般的头脑清醒多少。我机械地完成着一项项的晨间准备，穿衣、描眉、扎头发。平时马尾辫的高低随着心情变化，活力满满时扎高马尾，平静低落时扎低马尾。但是今天不能随着性子，高高扎起的头发像旗帜一样，有些狐假虎威的勉强。

“挤上早班的公交车，我观察着车上的人们，想象着他们的身份、生活和故事，随即我打断了自己的思绪，读起了昨晚为工作做的笔记，在头脑里预演着翻译会话的场景。

“对我来说翻译工作多少有些挑战，曾在学校用意大利语与老师和同学交流已不成问题，但学校只是这个世界很小的一部分。面对困难，我时常觉得有些委屈，也许自己并不能完全胜任这份工作，也许他们应该找一个学习语言专业的人……找借口和打退堂鼓总是很容易，但是生活上的困难也更为现实，想到薪酬，我又有些庆幸他们最终选了我。委屈和庆幸奇妙地混杂在一起，我常常觉得自己过于感性。”

写到这里，昨日奔波的景象又浮现了出来，还好最后工作结束得比较完美。翻译工作也带给了我很多积极的影响，可以用自己的能力帮助别人，有很大的成就感。我想这些经历也许正在慢慢塑造着我，能成为我艺术创作中的一部分。至于是怎样体现在笔下，我也很难想象了……

直接躺在地毯上是下班后的
快乐时刻

火腿奶酪拼盘

5月10日 阵雨 “白人饭”

我常回想起上中学在家的日子，一日三餐都是父母精心准备。那时我很健康，现在身体时常出现的小毛病也是统统没有。出国后，吃饭从一项理所应当、不用自己担心的日常，变成了一件每天都要动手解决的麻烦事，每到这个季节，天气逐渐转热，我便食欲不振，开始在吃饭上“极简”，用最近流行的说法就是吃“白人饭”。

村上春树曾写道，在日本，不是很饿但想往肚子里填点东西时，他会点一份荞麦凉面，不会过饱，也有种吃了东西的“进食感”。到美国后，和荞麦面类似的食物是凯撒沙拉，清凉爽口，一样对胃没有负担。这种说法让我感到醍醐灌顶，“白人饭”和中餐最大的区别不就是在这里吗？中餐追求色香味，在入口之前便从视觉与嗅觉让人感到愉悦，不只是饱腹，食物也起到抚慰心灵的作用。“白人饭”不同，功能上要保证吃完后立刻精力满满地回到课堂或者工作，少量的调味和烹饪能让身体负担更小，它追求的是“进食感”，告诉身体“今天已经吃过饭了”。

“白人饭”不能过于随意地被定义为简单调味或者生食，很多时候也没有那么难以下咽，令人抗拒，甚至能成为一种可以借鉴的健康饮食。在这里分享一下我理解的“白人饭”，按照自己的经历分为不同的等级，从低到高，看看大家能接受到什么程度吧！

三明治

只是把常见的食材组合在一起，味道就能神奇地变得丰富起来。携带方便，配料和食量上也都可根据偏好做出调整。上学时我曾在意大利便利店买到过一种三明治，柔软的面包口感很像家乡的白面馒头，内馅是火腿和油渍番茄，吃起来与梅菜扣肉惊人的类似，令人难忘。

沙拉

和三明治同理，配料也可以随意组合，甚至能做成类似"豪华凉拌菜"的中式口味。夏天时我常常用辣椒油拌生菜，加上煮土豆，盐和醋，清凉开胃。看吧，沙拉并不总是难以下咽，每个人都能根据喜好发挥。

曾在威尼斯的一家中餐馆看到叫"老虎沙拉"的菜，点来发现就是黄瓜木耳拌腐竹。

生火腿拼盘

生火腿拼盘常常很难被中国人接受，所以被我算入“白人饭”一类。意大利盛产各种口味的火腿与香肠，有生有熟，在餐厅里常常切片，与奶酪块、面包、酱料、水果一起摆盘，配上红白葡萄酒。由于生冷，很多出国很久的中国朋友依然抗拒吃它。我个人可以接受，偶尔会吃，也推荐大家尝试。

奶酪

奶酪是我认为“白人饭”体系中很重要的一部分，意大利生产各式各样的奶酪，和国内常用的干酪不同，这里大多是新鲜的，同样比较难被大部分国内朋友接受。最近我偶尔也开始吃一些可以生食的奶酪，清凉、奶味足，可以配上梨子或蜜瓜。春夏胃口不佳时，作为晚餐很是理想。这是目前我能接受的“白人饭”中最高的等级。

生食各种蔬菜

曾看过一部纪录片提及梦露最爱生吃胡萝卜。在社交媒体上看到有人说自己的外国同事直接拿出一盒生切蘑菇片，当作工作日的午餐直接食用，让我大为震撼。意大利人会用生胡萝卜条与茴香根下酒。我个人很难接受不加调味的生食蔬菜，不过，生食蔬菜确实是保留蔬菜营养很好的方式，我把这项列在“白人饭”的最高等级。

吃饭是一件非常私人的事情，应当允许自己有个人的喜好，每种偏好也应当受到尊重。市面上流行的饮食方式层出不穷，但我认为就和画画一样，在配合营养的同时，也应当问问自己最喜欢什么。

今日絮语

这篇日记的配图用了不太一样的绘画方式，就是起笔时觉得“一定得这么画”。大家有没有这种莫名其妙的时刻呀？

5月25日 晴 路多维卡

路多维卡（意大利原名：Ludovica）是我在美院从本科到研究生，整整5年的同班同学。有趣的是，也许是因为毕业后有一天我对她说“我觉得班里的女生，你最漂亮”，即使不再每天一起上课，我们之间的联系比之前更紧密了。

常见的意大利女性长相总让我联想起古典雕塑的圣母：脸型瘦长，鼻梁高高耸起，骨骼立体。我从未研究过基因学，这很有可能是我的主观感受，但在我眼里，路多维卡不能算是“传统长相”，所以单从外表上我就觉得她很特别：面庞小巧，更显出一对漂亮的眼睛，鼻梁也没有高得夸张，线条流畅，鼻头小小的有些俏皮。棕黑色的天然卷发像花朵的藤蔓，梳理好后弧度优雅、富有光泽（她曾告诉我天然卷发的苦恼就是留长很慢）。如果说传统圣母般的长相给人以平易近人、柔和、慈悲的印象，那路多维卡的样貌则有种强烈的女性魅力，像橘红色的火焰一般明亮。

有着明艳大美人的外表，她却总把自己画成一个头发蓬松的卡通形象。她用插画记录着她在博洛尼亚的生活，由男友和两只猫猫构成的小家庭。她常用彩铅画画，用色大胆，我总是惊叹于她自由随性的风格。也许是我高中时经受过美术集训，画画时难免被头脑里的条条框框束缚，而她毫无顾虑地把所见之物描绘和记录下来，形状松散，颜色鲜艳夸张。我感叹画作是人内心的一面镜子，可以映照出每个人真实的性格和样貌，路多维卡的真实内心便像是她的画一样，温暖单纯。这是个有着平凡的幸福的小女生。

和路多维卡的下午茶

和路多维卡的相处总是很愉快，她天真活泼，会突然戳我一下，给我看她衣服上的小猫徽章。表达情感时也总是很真挚，在收到我送给她的画时，她开心得几乎热泪盈眶。她也是个很有主见的人，在很多事情上坚持自己的想法，会为了一幅想画的画，仔细挑选和对比工具。毕业之际，她送了我一幅画，描绘着她想象的我和小动物

们一起画画的情景。我为她的生日精心准备了回礼，画了她种有很多花的小阁楼。她总是能给我很多积极的能量，也让我意识到，虽然我们成长环境完全不同，但情感总是超越文化和语言，让我们可以成为朋友，互相理解、互相欣赏。

路多维卡的小阁楼，
也是她画画的地方

柠檬黄色的房子，真是罕见

夏季

6月6日 晴 ☼ 夏日忧虑

小时候对夏天总是很期待，一是因为我的生日在夏天，入夏就意味着马上能吃到生日蛋糕了。二是因为很多有趣的事情都是夏天的专属：放暑假，在空调房睡懒觉，去游泳，吃冰棍，穿花花绿绿的夏装（小时候流行一种纱制防晒披肩，我每次穿上都觉得自己是花蝴蝶）。暑假的下午，我会独自在阳台上一本一本地看图画书，妈妈的衣服从晾衣架上垂下，仿佛柳枝般轻盈，阳光透过窗帘变得柔和又明亮，午后漫长又惬意。

一个人把风扇组装好，打开后很有成就感

博洛尼亚海神喷泉，游客们
常到这里消暑

意大利的夏天也同样有趣：海边度假小城，阳伞沙滩，价格低廉又种类丰富的冰饮，意式冰激凌……但实际上，在意大利读书期间，每个夏天我都过得非常狼狈：没有胃口、身体虚弱，光照过强让我头昏脑涨，忍受无穷无尽的热浪。意大利人有8月集体休年假的习惯，商店关门，公交车晚点……仿佛世界偏离正常的轨道，一切都变得不同。各种微小的变化叠加起来让人难以忍受，久而久之对夏天产生了恐惧。

人们对大灾难的想象总是极端的——瞬间的幻灭，无穷无尽的烟尘和黑暗。回想起去年夏天午后，烈日当空，我降下木质百叶窗，白热的光依然从缝隙透出，在暗处更显刺眼，让我生出白昼永远不会结束的错觉。人们为了躲避日晒，都尽量减少在户外的活动，大街上不再热闹，仿佛也在经历着一种灾难——这过于热烈与冗长的夏天。

也许确实存在着全球变暖导致气候变化的现实因素，也许因为长大后我总是独自一人在国外，漫长夏日令人更觉孤独无助。意大利大学的7月考试季结束到9月之间都没有课程，我拥有和儿时一样的暑假，没有暑假作业，没有大人的管束，也没有人限制我吃冰激凌，手中有着比儿时更丰富的插画绘本，但我却难以抑制地想念童年的夏。那时的我不知道家之外的世界有多大，手中系列插图童话书早已破旧，我却仍不厌其烦地翻看，天马行空地想象。也许区别不只是我已长大离开了家，而是童年的幻想永远地离开了我。

今日絮语

也许因为小时候除了玩不用担心任何事，回想起负责给家里买菜做饭的老爸也曾对夏天叫苦不迭……留学真是能让一个人飞速成长。

挂满衣服的阳台是我童年的秘密基地

VIA MAZZINI
ROSTICCERIA

BAR

6月12日 晴 托斯卡纳艳阳下

我是一个不爱出去玩的人，很多插画师都喜欢户外写生，而我更偏向于待在室内画画，手边材料齐全，环境稳定，不用在外面风吹日晒。碰上画稿多、工作忙的时候更没有动力出门了，周末就只想待在家里补觉，玩游戏。慢慢地，我发现了问题，人在密闭的空间待太久，心情确实会变得郁闷，再加上自己画画的兴趣也在一点点被磨灭，我决定花一天时间放下所有顾虑出门旅游。

现在是初夏，地中海气候的夏天日照充足，阳光明媚，而现在气温还没有很高。

排着长队的著名冰激凌店

我来到了一个属于托斯卡纳大区的城市——阿雷佐，之前对这里一无所知，探索中发现这个城市并没有想象中那么小，它道路宽阔，依山而建。我漫无目的地走，也许是处于休假状态，看到的一切都觉得新奇有趣。

在广场休息时，我从一个不起眼的介绍牌上发现这里曾是电影《美丽人生》的取景地，对比起在罗马总能看到赫本在《罗马假日》的剧照，真是低调得令人惊奇。随着石板路向上走，不知不觉中来到了一块开阔的山顶平地，很有豁然开朗的意味。高大的石松姿态优美地环绕着这块平地，阳光从枝丫间透过，在草地上留下斑驳的光点。我想起初中的体育课，那时的我也这样心无旁骛地看着地上的树影，很久都没有那样悠闲的心情。越过草坪来到平地边缘，石砌的矮墙和木质围栏之外，是一片画卷般美丽开阔的景色。

我扶在围栏上，看着意料之外的美丽景色。天气很好，视野开阔，云朵慵懒地躺在空中，一幢幢红色屋顶的小房子点缀山间，仿佛童话小镇，在某个古屋里，女巫正熬制着神秘药水，魔法师会骑着飞龙从房顶上掠过。远山在天边连绵起伏，披着黛青色的云影，形状柔和甚至有些朦胧。

一直以来，我害怕未知，担心意外，所以总是习惯于游玩之前做好规划，按部就班地进行。我对这次的出行并没有抱什么期待，只想出门散心，却看到了如此惊人的景色。也许世事总是如此，当你停下追寻的脚步，梳理纷乱的思绪，就会有惊喜上门。

6月26日 晴 ☼ 意式冷饮

小时候的夏天，我常缠着大人带我去买冰棍。在小卖部的冰柜前掀开隔温的棉被，和家长一起挑选琳琅满目的冰激凌，是我难以忘记的幸福时刻。那时“和路雪”是少有的国际品牌，价格自然也比当地生产的贵，我难掩好奇，总磨着家长买给我尝鲜。也许是因为来之不易，我总觉得它更好吃，用料扎实、奶香浓郁，那是我对西式甜品最初的想象。

后来一些西式快餐店流行开来，甜品也越来越丰富：圣代，冰激凌球，甜筒……厚重的冰奶油配上果酱巧克力，对小孩子有着巨大的吸引力。

长大后才发现，欧洲和美国之间的甜品也有很大的不同。地中海饮食以健康闻名，在这里松软甜腻的美式冰激凌并不受欢迎，并且由于意式冰激凌（Gelato）太过有名，童年最爱的“和路雪”在这里也无人问津，儿时的想象遭到了不小的打击。也许对我来说，并不是美式冰激凌更好吃，而是童年时它曾有更多超越现实的梦幻色彩。我开始重新了解意式冰品，它更加简单健康，其中也发现了很多有趣的东西，在这里和大家分享。

柠檬汽水

柠檬对于意式餐饮来说很重要。意大利人喜爱它清爽的酸味，更爱利用柠檬皮特有的香气调味，柠檬汽水（Limonata）也成了最基础的消暑饮品之一。这款饮品做法非常简单，用水、糖和柠檬煮好柠檬糖浆后放凉（也可以直接在超市买现成的糖浆），加入气泡水和冰块，清新利口。

柠檬汽水

雪芭

同样是柠檬味冰品最为经典的是雪芭（Sorbetto），与冰激凌不同的是，它不含奶，更加清爽。做法是将打发蛋清加入糖与柠檬汁（有时还会加柠檬酒！）放入冰箱冷冻，这期间每间隔半小时手动搅拌打入空气，最终会呈现一种细腻的奶油状，口感介于柠檬冰沙与柠檬冰激凌之间，酸甜清新，有颗粒感，呈半流体，可以用吸管饮用。利用相同的办法也可做出咖啡味和杏味。大多数咖啡厅或甜点店把雪芭放在小杯子里售卖，也有餐厅会把柠檬挖空作为小碗，作为“Limone ripieno”，意为酿柠檬。不得不感叹意大利人真的好爱柠檬呀！

柠檬冰沙

柠檬冰沙

冷饮店常见的柠檬冰沙（Granita），在碎冰中加入柠檬果汁，解暑又低热量。相较雪芭而言，冰沙的颗粒感更重，也更解暑。在家即使没有机器，也可以手工用叉子刮出碎冰制作。最传统的罗马冰沙铺是在大块冰上凿出碎冰，也许和现代机器打出来没什么差别，但总觉得传统手工的方法更迷人呢。

冰摇咖啡

在这里7年，我还是会惊叹于意大利人对咖啡的执着，他们似乎对咖啡中水的含量非常讲究，大杯美式咖啡和菠萝比萨一样是对食物的冒犯，所以冰美式也不存在。我曾一度以为在意大利咖啡只能是刚煮好滚烫的，直到有天和路多维卡一起喝到了意式冰咖啡。就如它的名字直译过来为“摇摇咖啡”（Cafe shakerato），是将咖啡液与冰块、牛奶打碎搅拌，或使用调酒杯摇匀。不同于冰美式，小小一杯，冰与咖啡细腻地融合均匀。有些还会混合一些烈酒。这一杯下肚也太提神醒脑?

冰摇咖啡

冰激凌奶昔

冰激凌奶昔

冰激凌奶昔（Frappè）是以冰激凌为底的饮品，将软化冰激凌或者酸奶放入冰格，冻好后取出，放入杯中与冰牛奶混合，配上饼干，也时常加入香蕉泥做成水果口味。这是一种很家常的冰品，在冷饮店很少见到。

橙光鸡尾酒

橙光鸡尾酒

在意大利，“Bar”并不特指酒吧，通常也具备咖啡厅的功能。白天提供早餐、咖啡和简单的午餐面包，晚上有各种调酒供顾客聊天小酌。其中最常见的调酒便是橙光鸡尾酒（Spritz），到了夏天，繁华地区的酒吧里全天都能看到有人在饮用这种橙红色的威尼斯调酒。

橙光鸡尾酒由葡萄酒作底，加入苦味酒和苏打水制成。在不同的地区，做法和用料上也有一些差异，但是有个不成文的规定：为了保持鸡尾酒鲜艳的橙红色，最后要加入橙子、柠檬和冰块。如果不想喝酒，也有无酒精的版本，通常是使用橙汁、苦味剂和汤力水。

相比其他调酒，橙光鸡尾酒有着鲜艳亮眼的橙红色，配上柠檬橙子的明黄，还有打底用的晶莹剔透的冰块，只外观就已是赏心悦目。口味以苦甜相间的柑橘为主，气泡酒和苏打水使口感更加清爽解暑。夏季傍晚坐在拱廊下的酒吧，和朋友一起喝一杯，配上小吃零食，往往能聊上一个夜晚。

意式冰激凌

虽然中文都翻译为“冰激凌”，但意式冰激凌（Gelato）和美式冰激凌（Ice cream）在制作和成品上都有很大的不同。美式冰激凌常用重奶油和鸡蛋，口感蓬松绵密，而意式冰激凌用纯牛奶，更加厚重丝滑，但热量却更低。据资料显示，美式冰激凌脂肪含量10%～25%，意式只有4%～9%（怪不得意大利人都很苗条）。

与童年在小卖铺买雪糕的记忆不同的是，意式冰激凌通常在店里新鲜出售，口味也很多样，经典口味有奶油、巧克力、香草、酸奶、坚果、开心果，还有樱桃、柠檬、草莓、蜜瓜、芒果这种时令水果口味，也会依据店主的创意调制提拉米苏、豆奶、蛋酒等特殊口味。冰激凌店的菜单一般都是意大利语，如果语言不通，去之前建议最好做一下准备！

今日絮语

如果在店里看到了绿色的冰激凌，那不是抹茶味而是开心果味哦！意式甜品中的绿色通常都代表开心果。

意式冰激凌（Gelato）店

7月6日 晴 朋友

从小到大总听一句俗语：出门靠朋友。直到成年后开始在意大利独立生活，我才渐渐体会了其中的深意。留学生们来自天南地北，起初在陌生的环境中很容易相互认识、成为朋友，只是由于留学不稳定的因素太多：有人毕业回国，有人去别的国家发展，有人到其他城市找工作……身边的朋友走了又走，最后留下的更加惺惺相惜。能在人生某个阶段成为朋友已很是难得，大家都很珍惜彼此当下的陪伴。

Angela是出生在意大利的中国女生。她同时拥有着中文名和意语名，在中国长大，回意大利读研究生。父母在博洛尼亚开外卖中餐店，一家人手艺精湛又勤劳。Angela也是，不同于留学生普遍的娇气，她务实又能干，每天都充满活力，白天上课，晚上给家里的店帮忙。“我最快能三秒钟包好一个饺子！”她曾骄傲地给我说。有幸去她家做客，看到冰箱里存着无比丰富的食材，各种精致面点和妈妈做的肉酱……如此幸福弥漫的画面，在留学时实在是很罕见啊！

与他们相比，我独自一人的生活过得比较粗糙，特别是吃饭方面，常随意用速食充饥（此时就要提到“白人饭”方便快捷的优势）。画画是需要高度集中的工作，一天下来精疲力竭，更没有做饭的兴致，吃些随意的晚饭后，精力并不会恢复多少。今日也是如此，正当我无精打采地想着晚饭如何对付的时候，Angela发来信息，说家里饺子太多，欢迎我带走一些回家吃。

天降惊喜，我飞速出门去找她。意大利夏日的黄昏尤其漫长，已经夜晚7点，太阳还未下山，阳光仍有些刺眼，被炙烤了一天的地面升起阵阵热气，我卖力地蹬着自行车，出了汗，心情却无比愉快。

见到Angela时，她提了满满一袋自制的冻饺子，还有一个包装精致的餐盒，里面是她刚做好的凉面，分我一份作晚饭。我一时感动到说不出话来，在异国他乡久了，远离亲人，有时感到疲惫、心灰意冷，但此时如果有朋友充满善意地伸出援手，会感到尤其温暖与难忘，内心也仿佛被注入了新的力量。

回到家后，我把满满一袋饺子塞入冰柜，吃下她做的精致又美味的凉面。窗外已是日暮，透过远处的房顶，落日的光线明亮却温柔。“人生还是好好生活，好好吃饭最重要啊……”我满足地半躺在椅子里感叹道。

7月15日 晴
插画师的成长从毕业开始

在美院上学时，所有老师中，和我最熟的是负责本科生插画主课的教授路易吉·拉法埃利（Luigi Raffaeli）。

来美院的第一天，我就见到了拉法埃利老师，他是入学考试的主考官之一。我带着一份记录和朋友的故事的原创小漫画、几本零碎的随笔速写来参加考试，跟如今考生们装帧精美的作品集相比，准备得实在不算充分。那时我刚高中毕业，对插画的认识仅停留在日本漫画。面试时，拉法埃利老师仔细看过我带的所有作品，听完我紧张但又努力表达自己的作品介绍，留下一句“你的作品还是很日本漫画风格嘛。”当时的我感到晴天霹雳，只觉录取无望，出校门时一边给妈妈打电话一边落泪。最后看到自己的名字出现在录取名单上时大吃一惊，对这位不苟言笑的老师心生畏惧。

大二时的作业

拉法埃利老师的插画课从大一下学期开始。起初我不理解他的教学方式：拉法埃利老师几乎不教绘画技法，只是布置为故事配插图的作业，课上单独看每位学生的进度并提出建议，或是从家背来大量的书和绘本给我们传阅。很长一段时间里，我对画画感到困惑，只是漫无目的地试验各种画法。但拉法埃利老师非常有耐心，他一遍遍地引导我，给我推荐绘本，想让我理解出版插画是怎样的世界。

从大三开始，事情出现了转机：我开始渐渐明确自己对绘画的偏好，个人风格也初见端倪，虽然一切都只初具雏形，但我非常兴奋，对用画画表达自己也有了兴趣，我画了很多形式松散又幼稚的画，但每张都蕴含着丰富的可能性。我兴奋地把自己零碎的想法全部说给老师，他笑着听得很认真。回想起来，他大概像听幼儿园的孩子兴奋地说着自己的发现吧。

人与人之间的信任便是如此建立起来的。虽然入学时有语言障碍，但我逐渐熟悉老师说话的用词习惯和语速，交流便不成问题。渐渐地，我发现他其实是一个非常感性的人，他是所有老师中，唯一一位对外国学生留学的艰难表示出理解的。

我在本科时尝试了各种方法绘画，现在回看还能想起那时对画画迷茫的感觉

大三的画，虽然很不完整，但好像能看出来一些现在的影子了

如今我遇到绘画上的困惑时，还是会第一时间想问拉法埃利老师。今天我带了最近的作品给他看，坐在教室里仿佛回到了上学的时光，他对我的进步非常惊喜，说我正在成为优秀的职业插画家，感叹插画师的成长是从美院毕业后才开始，对此他感到非常骄傲。上学时，我的作业总是达不到他的要求，曾为拿不到好的分数而苦恼遗憾，今天听到老师真诚地夸奖，我感到非常圆满。

回想起我今天在绘画上取得的进步，基础都源于拉法埃利老师，但我无法复述他究竟是如何教会了我画画。也许画画就像另一种漫长成长，要先长出坚实的骨，再慢慢添上肌肉使它初具形状，最后再生出皮肤使它拥有美丽的外形。如何找到职业的道路是我一人的修行，而老师始终引导着我，保证我走在正确的路上。

今日絮语

有一天，我终于问起老师，当年入学考试时对我有怎样的印象，他回家翻了当年考试时的笔记，上面写着："日本漫画风格，基本功非常好"。

7月28日 晴 ☼　星空电影院

如何形容意大利的夏？无云的蓝天，炫目的日光，地中海气候的干燥灼热，被晒得发烫的古老石砖，树荫下微凉的风，湿了又干的衣裳……这大概是很多游客的第一印象。作为在中国长大的人，暑假的童年记忆由空调、西瓜、电视剧和动画片组成，刚来时也很难适应，感觉这里的白天枯燥又无趣，租给学生的房子空调普及率也很低。

度过漫长的适应期后我才发现，不同于其他更加工业化和现代化的国家，也许意大利的夏有着自己的一套运作模式，从一些特定的本地活动可以窥见它的魅力和浪漫，比如每年都会安排设立在博洛尼亚地标广场的星空电影院。

我常惊叹于意大利人在展览与活动策划方面的能力。童书展期间，教授在工作室为比利时插画师办展时，特意制造了与绘本中的小屋相似的景象，还制作了故事中出现过的蛋糕，让观众在欣赏画作的同时能身临其境地处于童话中。

同样地，星空影院的想法也称得上绝妙：在博洛尼亚的中心广场搭设开放式的露天影院，每晚放映一部，有经典老片也有小众电影，所有人都可免费来观看。

夏夜里褪去了日晒的燥热，晚风清爽，和朋友相约晚饭后溜达去广场看电影。遇到喜欢的片子要早些去占一个好位置，想要奢华一些，可以在广场旁的酒吧点一杯橙光酒，也可以就随意在旁边主教堂长长的台阶坐下。

天地广阔，四周是市政厅和主教堂，古老的建筑被柔和的灯光照亮，勾勒出石雕装饰精致的轮廓，充满了时代的厚重感和神秘，也有远处建筑星星点点的光，组成电影银幕金色的背景墙。观众有天南地北的观光客，也有本地居民，大家聚在一起，好像是一种奇妙的缘分，夏夜的广场有了一些温馨的气氛。

每年都会播放一些中国电影，有经典老片也有大导演的新作，今年放映了《卧虎藏龙》，因为时间不凑巧，我没能去看。我想象宏大典雅的主教堂广场上的银幕里是轻盈含蓄的东方美学，不禁感叹人类文明的多样和奇妙。

8月2日 晴 逃去海边

意大利人有一个约定俗成的习惯，就是在最热的8月享受年假，举家逃离城市来到海边。所以临近8月时，私人商铺关门，公交车也会减少，城市变得如同荒漠一般，在整日明晃晃的日光下显得很不真实，仿佛一个永远阳光灿烂的梦境。起初我很不适应，对于留学生来说，这无疑给日常生活增添了很多麻烦。出于好奇，我上网查询才发现，最早是罗马奥古斯都大帝希望以自己名字命名的8月（Agosto）可以让人民庆祝与休息，由此诞生了“八月节”的说法，也因常是农闲时节，这个不成文的传统被保留至今。

我不是意大利人，也没有出生在海岛，没有海滩的情结，于我而言，度假是享受自然与清净，而不是喧闹拥挤，所以上学的几年间只体验过一次夏日海滩就再也没去过。令我印象深刻的是前年5月，我再也无法忍受坐牢般地整日写论文，于是头脑一热，和朋友约定错峰去一个著名的海边度假小城。

晚春时节还有些凉，人很少，海边的工作人员正搭建阳伞和各种设施准备迎接客流高峰。远处有摩天轮，供孩子们玩耍的秋千和滑梯，可以想象夏季时熙熙攘攘的场面：来自各国身材火辣的俊男美女晒着太阳，孩子们提着五颜六色的塑料小桶和铲子跑来跑去，海边酒吧里有着花花绿绿的冰饮……

而此时的海边非常宁静，海浪温柔地冲刷着沙滩，视野辽阔，远处的渔船和灯塔闪着光点，几位此地的居民沿着海岸线跑步锻炼，也有人提着桶赶海。我和好友在沙滩上漫步，有一句没一句地闲聊着，或是蹲下让凉丝丝的海水穿过手指。

已过黄昏，天空是静谧的蓝，我看着远处的云，听着海浪的声音，一切烦恼都被抛之身后，留在了城市里，而这里仿佛是世界的尽头，和现实世界有着相当的距离，所有纠结和苦闷都被海风吹散。

海边的游乐设施看起来就很好玩

不知面对大海，每个人是否都有相似的体会，也许正值度假高峰期的游客也是怀着逃离现实的心情来到海边吧。对于大海来说，没有劳作和假期，没有旺季和淡季的区别，它日复一日地潮起潮落，看着岸上城市中庸碌的人们，日夜轮转，无悲无喜。

忙碌的夏日海滩

8月7日 晴 意大利“妈妈”

在意大利的传统习俗里，妈妈掌管家务，烹制美味菜肴，用温柔的力量抚育子女，是家庭的“定海神针”，又仿佛无所不知的女神，大大小小的事情问她便能得到完美的答案。有妈妈在即是温暖的避风港，厨房炉火旺盛，永远飘着意面酱和黄油糕点的香气。

刚来意大利时，在参加大学的入学考试之前，我们要完成半年的意大利语课程。我便是这样认识了当时的语言课老师路易莎（Luisa），她和我的妈妈年纪相仿，是位非常温柔的女性。

路易莎的阳台

路易莎的丈夫配
制作和涂装的灯

刚来语言不通，租房又遇到了一些麻烦，再加上年纪小想家，郁闷之下我试着给路易莎写了一封邮件，给她讲述我来到新环境的不适应和孤独。没想到她很快就回复了我，温柔地鼓励我说学语言的初期会比较难，相信我一定可以很快学好。

当时的我还是个彻彻底底的孩子，虽只身来到异国读书，但身心都没有独立成熟，路易莎母亲般的善意让我打开了心扉和话匣子，我随后遇到什么问题都问她，给她看我在中国的猫猫照片，跟她分享自己画的画。

我给路易莎绘制的
小画像

她非常热心，从“椰枣”是什么到咖啡壶要怎么用，都事无巨细地像教一个还在认知期的孩子般，温柔又耐心，还总是带来亲手制作的糕点到班里给学生们分享。那时每天下课我们都一起走一段路，聊各种各样的话题。在这个过程中，我的语言水平突飞猛进，独立生活的能力也越来越强。

她把我送她的画用毛线织了框

路易莎的客厅，墙上有7张画都是我送的

上语言课的那半年，我与路易莎成了无话不谈的好友。我遇到情感问题时，她看出我情绪不高，下课后来给我拥抱。她还时常借给我意大利本土的漫画书，开车带我去集市采购，给我做意大利家常菜，我也包了一顿中国饺子给她一家人品尝。

在我想打耳洞但又怕针时，她陪着我到药店去打，叮嘱我如何护理创口，之后又为我戴上人生中第一副耳饰。回想起那段特殊又快乐的时光，我很庆幸自己能够认识路易莎，她的温柔、热心与善良，消解了我在出国适应期的恐惧与孤独。

直至今日，我们还保持着联系，她见证了我从懵懂无知，到攻读美院积蓄力量，最终在意大利完成学业成为职业插画师的全过程。研究生毕业时，她专程带着礼物来到博洛尼亚参加我的答辩，晚餐时一起举杯庆祝我的毕业。我曾说她是我在意大利的妈妈，不仅教会了我语言，也帮助了我在异国他乡成长起来。她听后笑着说，好的，我的中国女儿。

秋季

8月30日 多云　休养的季节

意大利的四季非常分明，经过了漫长的夏，雨后的空气中开始有了秋天的味道。

秋天是休养与恢复的季节。我长大的中原地区夏季多雨、秋冬干燥，与意大利的地中海气候几乎相反，只是遭受了几次意大利干燥暴晒的夏，我也开始无比珍惜这沁人心脾的秋雨。风渐渐多了些凉意，人也倦怠，变得能吃能睡，庆幸着好不容易度过了消耗能量的夏日。

正巧秋也是丰收的季节，每年这时玛格丽特公园都会举办农业集市，能找到不少新鲜好玩的东西。

玛格丽特公园地处博洛尼亚市中心边缘，有人工湖、绿植草坪和儿童游乐场，面积不算小，平时经常见到市民们在公园跑步锻炼，遛狗，野餐，在草坪上做瑜伽。每年春秋的固定几日会举办农业集市，公园长长的绿荫大道搭建起各种商铺，售卖绿植盆栽、农场自制的奶酪火腿、手工艺人制作的衣服或首饰，每季集市只举办两天，但都热闹非凡。

秋天是南瓜制品的季节，超市里不仅有各种食用南瓜，也有万圣节专门用来雕刻的南瓜，在集市上更是见到了之前从没见过的装饰南瓜。

和我们熟知的食用南瓜不同的是，装饰南瓜通常只有手掌大小，而且形状、花纹、颜色也都非常丰富。有些形状细长，有棱有角；有些短小浑圆，像是胖胖的小章鱼；有些颜色黄里透红，金灿灿的很是惹人喜爱；有些白中泛青，如白玉般温润。

装饰南瓜

来意大利之前，我从没有见过这种南瓜，第一次见到它奇怪的模样感到很惊奇，后来才得知它只能观赏不能吃，有肠胃无法分解的物质。人对于成年后才认识的事物总是印象更深刻一些，提起秋天我便会想起装饰南瓜和第一次在集市看到它们时惊愕的心情。

每年集市上都会有一些摊位卖焚香、水晶灵石等物件。摊铺上通常摆起香炉，烟熏雾绕，一边陈列着分门别类放在格子里展示的水晶石头，一边是与幸运相关的符号首饰和模样神秘的小木雕，头顶上悬挂着花纹精美的挂毯和念珠。

这些摊铺的店主通常梳着长发，身上挂着零零碎碎的首饰，颇有魔法师的气质。每次逛集市，我都会特地去看看这样的摊位，如果能跟店主聊聊天，一定能听到不少有趣的故事吧。

意大利语里擅长养植物的人被称作“有着绿手指的人”，很遗憾我并没有这样的天赋。父亲很爱养花，家里的窗台上总是有几盆茁壮成长的植物，母亲更是养多肉植物的专家，特制的花架上摆满了精致可爱的盆栽，集市上的花草总让我想起他们。

不过也遇到一些不曾见过的植物，例如居然有专卖空气凤梨的摊铺。这种几乎不需要任何照顾的植物让我惊诧，它们特殊的造型和弧度优美的枝叶，装饰得当会非常好看。

还有一些家种小柠檬树，盆栽罗勒叶，大到令人惊愕的仙人掌……我想起曾在意大利老师家做客时，她随手就摘了阳台上的一丛薄荷叶给我调了一杯莫吉托。植物在意大利人的家庭中想必是稀松平常又不可或缺的吧。

今日絮语

集市上曾有一家卖手工冰激凌，口味是店主自己调配的，让我印象深刻的是“薰衣草与梨”口味……究竟是怎么把这两种东西组合在一起的？好有想象力。

RESIN

9月4日 雨 离家的季节

上学时我常回国过暑假，再在9月左右回意大利，那时候的秋天是离家的季节。

成长就是只有亲身经历过才能明白那是怎样的过程。刚出国留学时很不适应，跟不上课程的进度，也画不好作业，还要学着照顾好自己的生活，总会想家，每天都盼望着暑假可以回到家人的身边。

而暑假时每临近秋天，我的心里也蒙上了要离家的忧愁。只是读研究生时，意想不到的特殊时期来临，整整4年，由于高昂的机票价格，我都没能回家。

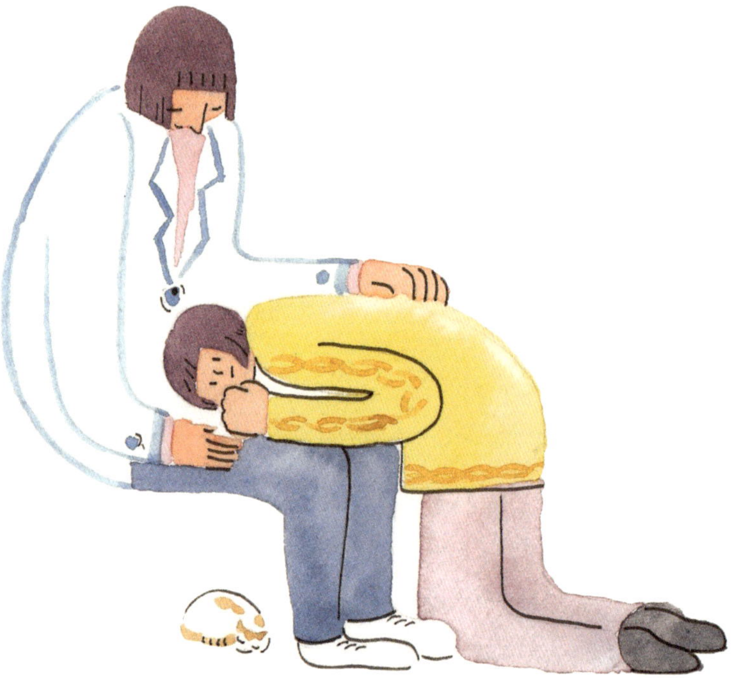

回家后的悠闲时刻

我已经有些记不清那4年是如何度过的，只记得我常和朋友们在一起，尽量把自己的日程安排得满满当当，偶尔难过、想家，也只能默默流泪，和家人视频通话时，他们也给我加油打气，说着特殊时期快要结束，很快就能回家了。

在那4年里，我经历了本科毕业，直升研究生，两年读研课程，毕业后去兼职打工……回望那几年，不论是画画还是生活上，我的成长是质变的，以至于再回到家时很多事情都无法适应了。

离家的这些年，身边最亲近的人是朋友，但朋友间终究是要保持一定距离，我对身边的一切人和事都小心翼翼，几乎已经忘记了家给我提供的安全感。

终于回到家时，我常常震惊于家人对我的关心和体贴：醒来时，桌上已经有爸爸买来的胡辣汤和早点；去上瑜伽课时，包里不再是胡乱塞进去的衣物和毛巾，而被妈妈叠得整整齐齐后包好；要出门的时候，不再是从某个椅背上抽出一身衣服穿，而是发现妈妈早已把衣服熨烫后挂起，衣角平整精致……

我终于意识到，从小到大，父母对我的关爱是多么细致入微，只有离开家时才能明白家对我身心的呵护，也慢慢开始理解，当初把我送出国，与我分离，对父母来说也是一个非常艰难的决定。

“一个幸运者的母亲必然是一个幸运的母亲，一个明智的母亲，一个天才的母亲，她自打当了母亲她就得了灵感，她教育你的方法不是来自教育学，而是来自她对一切生灵乃至天地万物由衷的爱，由衷的颤栗与祈祷，由衷的镇定和激情。

“在你幼小的时候她只是带着你走，走在家里，走在街上，走到市场，走到郊外，她难得给你什么命令，从不有目的地给你一个方向，走啊走啊你就会爱她，走啊走啊，你就会爱她所爱的这个世界。

“等你长大了，她就放你到你想要去的地方去，她深信你会爱这个世界，至于其他她不管，至于其他那是你的自由你自己负责。她只有一个愿望，就是你能常常回来，你能有时候回来一下。”史铁生《我与地坛》的这几段话曾让我想起了自己的家人而感动落泪。

如果说刚上学时的想家是出于依赖，而现在长大后的思乡情绪则有了改变，是对童年与亲情的眷恋。家给予了我面对世界的力量和勇气，也是我不管走多远都无法割舍的牵挂。

9月26日 阴
在佛罗伦萨的半日闲暇

想出门走走时，我常去距离博洛尼亚只有一个多小时车程的佛罗伦萨，而且不管去多少次都会被那座城市蓬勃的创造力所感染。

如果给每座城市赋予一个形象，那么博洛尼亚是一位勤于钻研学术的学者，米兰是一位外表靓丽多金的时尚达人，佛罗伦萨便是传承着家族技艺的手工艺人。也许这和兴起于此的文艺复兴运动有关：艺术第一次从神的影子中走出，人的力量被承认与重视起来。

桥上店铺的搭建样式看起来很有手工感

如今这座城市里仍活跃着手工艺人们，仿佛时间不曾流动过：皮匠们在工作台前忙活着，门前挂着式样各异的皮带与包，款式独特，带着店主的个人风格和巧思。拿在手里近看，与工业品平滑的精致感不同，粗粝狂野的皮料被匠人的双手驯服，带着手工感的拙气，给人温暖亲近的感觉。

金匠们在老桥上建起歪歪扭扭的建筑，形成一道颇有奇幻色彩的风景。走近他们的橱窗，很难不被眼前珠光宝气的景象所震撼：匠人们将自己的才能发挥到了极致，织纹雕刻、微镶、镂空……在他们的手中，金属如棉线一般柔软，被织成令人目眩的蕾丝花纹，或是在金属表面刻出细密的纹理，呈现出丝绸的质地。

还有一些木制工艺品店，质朴的木料被画上五颜六色的装饰图案，做成人偶或文创品，仿佛是现实世界中一扇通往童话王国的门。

你会发现，这座城市里的一切好像都在齐声高唱着对生活的热爱：生命可以多么丰富，饮食有厚实的牛排和葡萄酒，有各种形状、金黄的意面，还有橄榄油和醋来增味。艺术通过匠人的智慧开出奇妙的花朵，原始的材料被驯服，各种工艺在历史中日益精湛，没有顶点。

老桥上的珠宝店铺

每次去佛罗伦萨，看教堂和老桥，熙熙攘攘的游客之间可以见到来自全世界各地的面孔。我常有一种奇妙的感受，童年时常在书里读到佛罗伦萨，从只言片语和小小的插图中想象它是怎样一座繁华的城市。如今我住在它的附近，书中遥不可及的神秘之地成为了我半日游的目的地。

与童年想象中奇幻的大都市不同，它是一个精巧的小城：城区的街道狭窄，建筑古旧，建造得随心所欲甚至有些歪歪扭扭，对此难免有杂乱的印象。

只不过在意大利的这些年，我意识到，世间对于美的标准千千万万，美丽的城市也绝不只有一种样貌，而佛罗伦萨便是一座这样我行我素了几个世纪的城市，它有自己的语言，自己的历史，用外界的准则来评判它太过古板无趣，你只能放下所有的偏见，真诚地走过它弯弯绕绕的小巷，聆听它的故事和细语。

手工皮具匠人

10月10日 晴 ☼ 难忘的城市

初见米兰大教堂时，我仿佛看到了通天的巨塔，它通体洁白，充满了冰冷的神性，把当时的我震撼到失语，围着它看了好几圈才离开。第二次兴冲冲地又跑去，却失望地觉得它好像没有记忆中那般巍峨了。是不是几年间变矮了？

旅游的大部分魅力在于探索新事物，看从没见过的景色，很多地方再次游览不如初见时惊艳也很正常。然而在意大利，有一个城市我不管去多少次都会惊叹不已，那也是我几年前在意大利留学的第一站——佩鲁贾。

山城佩鲁贾位于意大利中部，是翁布里亚大区的首府，八年前我来到这里上为期一年的语言课（当时的流程是一年学习后，达到基础的语言水平，再去参加大学考试）。城区内高低起伏，随处可见石砖铺设的楼梯，游览佩鲁贾非常锻炼人的体能。

不过，不用特别担心，在陡峭的路段修有电梯，也有架设在山间的轻轨（Minimetrò），这是当地的特色，小小的车厢内别出心裁地漆成了红色，窗外是山间的绿树，强烈的对比色给人浓郁又明媚的印象，仿佛是在色彩丰富的油画中穿行。

佩鲁贾古水渠

我永远无法忘记初次到佩鲁贾的感受。当时我拖着两个大行李箱，一路奔波已经疲惫不堪，又充满了对未知的担忧恐惧。跟随前来接应的学姐乘坐一段直梯，来到了佩鲁贾市中心。

天色已晚，走出小小的拱门，眼前是一段灯火通明的街道：石砖铺成的路不算宽阔，刚过元旦，装饰的彩灯随意地悬挂着，古老的临街建筑不高，有些歪歪扭扭，充满趣味。街上熙熙攘攘，有刚下班在酒吧露天座位聊天的人，也有一群群穿着时髦、嬉笑打闹的高中生。

我从小生活在现代的城市中，对于欧洲的认识只停留在童年最爱的《哈利·波特》，眼前的景象让我想起了充满魔法商店的对角巷。

城中还有很多视野开阔的地方可以欣赏到山间的风光，样式各异的民居鳞次栉比地紧密排列在青翠的山林中，大大小小的瓦片屋顶上是石砖垒成的小烟囱，偶尔能看见几个小小的白色钟楼，听到浑厚悠扬的钟声，近处是一段段阶梯和大大小小的石拱门，古水渠被改造成了贯穿城市的步行道。

每次回到佩鲁贾看到这样的景色，我都有种奇妙的感受，这里童话般的景色非常符合少年时对古老欧洲的想象。

回想起住在佩鲁贾的一年里，不能说所有记忆都是愉快的。当时的我还是个孩子，还在学习如何独自生活，在陌生的环境中也总是感到孤独想家。

几年之后再回到这里，我对曾经历过的苦恼与不安感到释怀，留下的唯有对曾在这里结识的友谊的温暖回忆，初见时仿佛置身魔法世界的震撼，和对佩鲁贾景色的惊叹。

今日絮语

佩鲁贾的面包夹烤猪肉好吃又便宜，不像大多数黑暗料理般的“白人饭”，非常符合中餐的口味。

佩鲁贾的圣斯特凡诺教堂（图右）

10月25日 阴
令人印象深刻的蓝

同样的景色在不同人的眼中也许完全不同，旅行后带回的记忆也常有强烈的主观色彩，一些细节往往构成了我们对一座城市的印象。对于我来说，威尼斯给我的印象是一片难忘的蓝色。

贡多拉，威尼斯的一大特色

意大利的每个城市都各有自己的气质，但威尼斯一定是最特别的城市之一，它改变了我对城市的认知：城市历史中心区域被称作“主岛”，由118个岛屿组成，跨越170多条运河，由400多座桥连接，通行只能在桥与桥之间步行或在运河上坐船，整个威尼斯主岛由一道长长的大桥连接意大利的主干大陆。

对于我这个在平原长大的人，这样的构造简直称得上奇迹。

令人难忘的是威尼斯的水，仿佛是城市里古老的守护精灵，你难以捕捉它的行踪，而它又影响着这座城里的一切。当你步行穿梭在民居与店铺中时，一切仿佛都在随着水面柔软地流动，就连石桥与建筑坚实的身影都被粼粼波光照得难以捉摸。

当你站在码头面对着贯穿城市的大运河，水则成为了运载的道路，变得宏大又让人敬畏，主宰着所有行驶着的船只的运动。波浪打在木桩上隆隆的音响伴着船的马达声，在气质宁静的威尼斯城显得震耳欲聋。

而当你面对一望无际的潟湖，看着近处的水波时，水面则变得像是有生命一样，浅蓝中透着幽幽的绿，闪动的波光仿佛无数银色的丝线不停地跃动，我坐在岸边试着勾画出波动的水纹，盯着看久了，越发觉得这水波仿佛有摄人心魄的魔力。

2023年10月，我带着来意大利旅游的父亲到威尼斯观光，我们的路线是一路步行游览到圣马可广场看教堂和钟楼。排了长长的队登上钟楼时刚过日落，太阳在天边仅留下一道金色的痕迹，另一侧的月亮升了起来，从钟楼四面的窗可以俯瞰城市的景色。

此时的天空是令我终生难忘的蓝，如何形容那种颜色？它不像平时意大利宝蓝色的天空给人明媚活泼的印象，而是冰冷、静谧却又温柔的，把刚升起的月亮衬得像玻璃般透明。

整个威尼斯被笼罩在这蓝色之下，使她的气质更加宁静优雅，广阔的潟湖水面映照着天色，远处的船闪着光点，近处建筑的橘黄色灯光纷纷亮起，与此刻主宰天地的蓝色形成对比，给这幽静的景象增添了温暖的烟火气息。

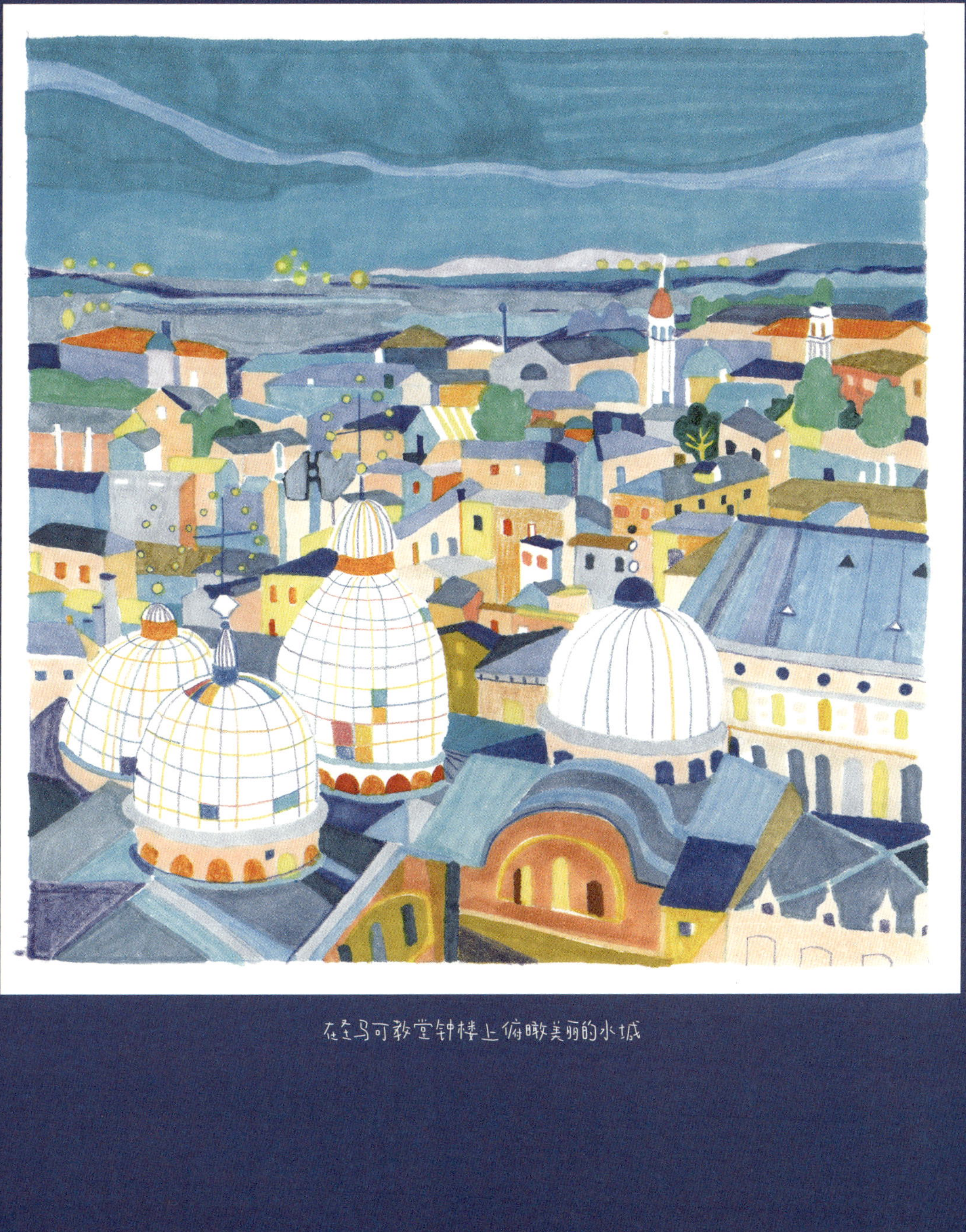

在圣马可教堂钟楼上俯瞰美丽的水城

博洛尼亚的“小威尼斯”

从钟楼上下来天已全黑，夜晚拉开了帷幕，酒吧和餐馆慢慢热闹起来，我想起第一次来威尼斯时，晚餐也是吃了当地特色的墨鱼面。卡尔维诺《看不见的城市》中，马可·波罗为成吉思汗讲述的那些虚构的城市，其实都来源于威尼斯。也许这个城市从不同角度看还有很多种不同的面貌，只是最近的一次游览，它把那令人难忘的蓝色印在了我的记忆里。

在博洛尼亚，也有一处与水相关的有趣景点，那便是隐匿在城市中心小街道的一扇窗，打开可见被称为“小威尼斯”的景象：莫林运河穿过林立在两侧的民居，颇有水城威尼斯的浪漫气质，在博洛尼亚可以看到这样神奇的景观让人惊喜。除去这扇小窗，在奥博丹大街上也有另外一处观景点，视野更宽阔，可以看到桥上的护栏挂有许多爱情锁，这是一种习俗：恋人们将锁锁在桥上，把钥匙扔进河里，就可以让古老的河流见证他们的爱情。只是我想，由于莫林运河规模很小，枯水期时几乎可以见底，那时是否可以看到河底被扔下去的钥匙呢？

10月26日 雨 威尼斯玻璃

在这个工业化的时代，意大利仍以手工制品而闻名，很多游客都会买来留作纪念。第一次去威尼斯旅游时，我对水城风光印象深刻，而第二次和父亲一起旅行时，我则被小巷里的玻璃制品店铺深深吸引。

也许是近些年来常研究画面的色彩，我对颜色尤其敏感。威尼斯玻璃制品正是以它鲜艳的色彩闻名。在这里玻璃被制成了各种产品——首饰、茶杯器皿、动物摆件、灯具。

匠人们把玻璃做得像宝石一样晶莹剔透，也比宝石拥有更丰富的色彩，甚至能烧出复杂的装饰纹路。在配色上常用张扬的撞色与抽象的花纹，仿佛有着流动笔法的当代油画。走进店铺，光在玻璃制品间流转着，让人目眩神迷，仿佛来到了童话国度。

淘到的Murano玻璃相框，用来放我为去世小猫绘制的画像

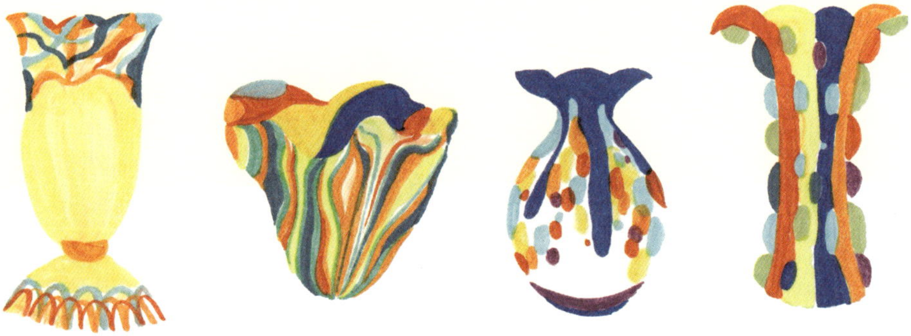

曾逛到一家古董家具店，店铺不大又摆满了旧式的衣柜、桌椅，让人很容易就注意到高高的天花板上的玻璃吊灯。在店里凌乱的陈设间，它显得优雅从容，伸开花枝形状对称的灯臂，灯座处装饰着向日葵般的玻璃花冠。

整架吊灯是罕见的黄绿配色，仿佛从天花板向下开出的花朵，让人赞叹意大利工艺设计与制作水平的绝妙。当时的我想到这样的艺术品一定价格不菲，但见到它时的震撼一直深刻地留在我的心里，每次想起就总有些后悔没有鼓起勇气去问问价格。

“穆拉诺”玻璃吊灯，好想拥有（图右）

博洛尼亚主广场上的钟楼

11月5日 晴
换个角度看博洛尼亚

留学的前两年，每次暑假结束回意大利时，在机场和家人告别都泪水涟涟，在边境检查证件的工作人员见了都忍不住多安慰我一句“还会回来嘛”。

不知从什么时候开始，博洛尼亚变得如家一般。拖着行李箱，打开自己熟悉的房门时，心中也都会有温馨的感觉。也许不知不觉之中的某个时刻，我的内心在这座城市找到了容身之处。

这次父亲来意大利旅游，我要向他介绍博洛尼亚。从哪里开始呢？学习的几年间，我走过这座城市中的大街小巷，穿越了无数次著名的广场，欣赏过多处地标性的喷泉。很多供游客游览的景点都成为我生活的一角，看待这座城市的眼光也从好奇成为日常。

朋友推荐我带父亲去主广场上的钟楼，登到高处可以俯瞰城市的景色。正好我也从没去过，预约时间后我们来到广场排队等候。

T-per

钟楼里仍保持着古老的木质结构，考虑到承重需要控制人员数量。之前无数次从大广场路过看向钟楼尖尖的顶，从没想象过内部是怎样的模样。

我们手脚并用地爬上陡峭的楼梯，终于来到观景台，眼前是与我熟悉的博洛尼亚所不同的景色，平日里高大威严的建筑变得玩具般可爱。

主广场像棋盘一样（原来广场上的地砖从高处看是这样的花纹），另一边是交错着层层叠叠的橘红色屋顶向外延伸去，偶尔有一两座高塔冲向天空，显得鹤立鸡群。秋高气爽，可以看到青色的远山，让人心情愉悦。我很少在高处观察这座熟悉的城市，稀松平常的事物变得陌生起来，我竟更能感受到它的美。

《看不见的城市》中写道：“城市的每个地方都向游人展示着她令人惊奇的景色……你会赞叹：‘能够每天都看到她所包含的看不完的景致的人，他们是多么幸福啊！’当你在仅仅看上一眼便不得不离开这座城市时，你会惋惜。

“反之，你若在这里住上一段时间，甚至度过自己的余生，眼前的城市很快就会褪色……就像所有这里的居民一样，你走过曲折的街道，分辨阳光与阴暗的地区，这里一扇门，那里一段台阶，这是你可以放篮子的板凳，那是不小心就会让你跌跤的坑洼。城市的其余部分都是看不见的……你的脚步追随的不是双眼所见的事物，而是内心的，已被掩埋的，被抹掉了的事物。”

刚到博洛尼亚时，我穿过长长的拱廊，惊叹着道路的宽阔与路边精致的雕塑，短短几年间我看向它的目光竟变得麻木。我们应当换个角度或调整自己的内心，才能发现身边那些被我们忽略的有趣事物。

博洛尼亚的地标建筑——双塔（图左）

拱廊也是博洛尼亚重要的标志之一

11月15日 晴 ☼　绝美之城

去年秋天，和父亲的旅程中，罗马是最后一站。在一个月时间里观赏了各具特色的城市之后，用游览首都来为意大利之行做结尾再合适不过了。

我是第二次来罗马，但还是被永恒之城的恢宏气势所震撼。走过壮观的斗兽场、万神殿、圣彼得教堂，能切身体会到理性觉醒前那个野蛮的时代里，人类对神性的虔诚仰望，从古罗马广场、博物馆、美术馆，又能感受到人性里对秩序与理性的向往，而来到“许愿池”特莱维喷泉，则是另一种更加感性的气质，仿佛一首唯美的情诗，诉说着人类的浪漫与爱欲。

相较于博学庄重的博洛尼亚，明媚活泼的佛罗伦萨，柔美静谧的威尼斯，罗马作为近3000年历史、世界最著名的文化城市之一，不存在一种可以让所有人信服的对罗马城的概括，唯有每个渺小的个体，用个人的方式讲述出的对这座城市的印象。

我这次罗马城的记忆，与一部中文译为《绝美之城》的电影紧密相连。那天我看着手机上的地图，带着父亲在罗马主要景点逛了一圈，回到旅店时已经晕头转向，走马观花地游览让大脑接触了过多的东西，我急需用自己的方式处理归纳这些信息。

梵蒂冈博物馆里真是珍宝无数

我想起了电影《绝美之城》，这部关于罗马的电影自从我第一次看就非常喜欢，只是几年间看了两到三次，一直没有完全看懂，这次身在罗马也许是个好机会。

这部电影的结构非常松散，没有通过传统的方法来讲故事，而是通过主角——一个通过一本著作跻身于罗马上流文艺圈的作家的视角讲述他身边的朋友与故事，有梦想被戏剧界认可的编剧，有书香门第出身，热爱诗歌却郁郁寡欢的青年，也有一直尘封在主角心中一角的初恋和往日时光。

也许是在意大利的这几年里，我确实有质变的成长，也许是因为身在罗马，那天在旅馆里我终于看懂了它，发现虽然电影名的中文翻译为《绝美之城》，但电影不是在讲城市本身，真正的主题是人生的“空无”。也是在近几年学习里，我发现意大利文学艺术作品“永恒”的主题：在每个人短暂的生命中，浮华过后，热闹繁华的景象与个人的成功都终将成为过往云烟，真正留下的，也是真正重要的，则是我们的初心与爱念。

就像罗马城一样，几千年以来的繁荣、衰败、战火都已成为历史的灰烬，仍留存于世间并震撼着每个前来游览的人心的是，这座城市所表现出的对信仰的虔诚，对艺术与真理的追求和热烈纯粹的爱。

特莱维喷泉的浪漫气质令我难忘

冬季

11月22日 大风 节日准备

年末了，在欧洲最后一个月份的主题一定是圣诞节。对重视家庭的意大利人来说，圣诞节的意义和春节之于我们非常相似，忙碌一年的人们将工作告一段落，与家人团聚。不同于中国的红包和压岁钱，意大利的圣诞礼节是互换礼物。

不仅限于家庭成员，朋友之间也会互相送礼。准备礼物是圣诞前夕中最重要，也是最费心的事项之一。2022年的圣诞节期间，我在一家礼品店工作，常为客人推荐和包装礼物。

兼职中的一天，一位意大利先生快步进店，飞速选好一个心形吊坠项链，他说女友正在对面店铺闲逛，在等她时，临时起意来为她买一个惊喜礼物。看到他偷偷地，不断向对面张望的样子，我也紧张起来，加快了包装速度。他麻利地将礼盒塞进大衣口袋，春风满面地向我道谢后便匆匆离开。

我看着他的背影慢慢平复心跳，仿佛自己也参与了这场紧张的“秘密活动”。脑袋里也不由得开始想象，他双手插兜，装作百无聊赖的样子在化妆品门口踱步，毫不知情的女友提着购物袋走出店铺，也许她会先为男友等了自己太久表示歉意，他装作漫不经心地说着没关系，与她肩并肩走着，然后在某个时机突然从口袋里变出礼物……我不由得发现，即便是无关紧要的我在这个过程中都深受感染，想象别人的快乐也是一种快乐。

博洛尼亚“奢侈品街”每到圣诞节都会“盛装打扮”（图右）

GALLERIA CAVOUR
2023

曾经听到一种说法：丝带、包装都是礼物必不可少的一部分。对于收到礼物的人来说，拆礼物的过程虽然可能只有短短几秒，其间感受到的期待与喜悦是无法替代的。进一步讲，对于送礼的人来说，准备礼物时想象对方收到礼物时喜悦的神情也是一种快乐。如此看来，不管是给予还是接受，在这个过程中双方都怀着爱意展开想象，礼物的意义也远超过物品本身。

今年的圣诞节，我决定也为身边的每一位朋友准备一份圣诞礼物。人们之间的羁绊，生活的意义与乐趣，其实很多时候就诞生于这些有些烦琐甚至折腾的过程中。步入12月后，各家店铺都大张旗鼓地陈列圣诞饰品。在我看来非常类似的挂件前总是挤满顾客，无论年纪和性别，他们认真的神态让我想到了制备年货和对联的我们。在年复一年的节日准备过程中，大家乐此不疲。节日带给人们的过程不只是一天，一顿节日大餐；而是在购买车票，挑选礼物，装饰房间，准备新衣……所有会让你期待的瞬间都是在过节。

今日絮语

反复思考后决定今年圣诞节送每位朋友一本我的插画小故事书。预算内，有意义，而且不用思考给不同的人送什么，简直是作为插画师的职业福利。

12月7日 雨
梦想的小木屋

冬令时的天黑得格外早。夜晚气温低但少有冰冷的感觉。从窗往外看，浓黑的天空飘着细雨，有一种宁静的感觉。

如果每个季节都有一个特性，那么欧洲冬日的气质是有些疏离的。深冬的太阳总是在下午4点左右就落山，早早开始漫长的黑夜。由于地中海冬季常常飘雨，夜晚结束工作后的大多数人都匆匆穿过飘雨的街道回到家中。这样的季节，家大大发挥了它的作用，成了人们在恶劣自然天气中的庇护所，一个个透着暖光的窗户仿佛冰海中独立、安静却坚定漂泊的小船。

意语中的“Rifugio”译为避难所、庇护所。我在美院学习的第一年，文学课的主题便是对于庇护所意象的研究。由于中文语境里好像没有能直接对应的概念，我花了很长的时间才理解它的意义。它可以是一个稳定的区域，帮助人们抵御危险与危急情况，例如提供给船只躲避风浪的港湾。它也可以是一个人在精神上寻求到保护、防御与安全感，例如书籍可以是一个庇护所，在繁忙的生活中给予我们慰藉。

我很喜欢意大利传统的室内装潢风格

曾在荷兰街头漫步时发现，晚餐时一些临街的住户会故意敞开窗户，向街上的行人展示一家人用餐的情景。雨夜的街道使得窗内透出的灯光尤其明亮，黑暗中一扇扇发光的窗户仿佛一张张画作，展示着屋主一家的幸福。我以为注重隐私的欧洲人都会紧闭门窗，将自己的领地与外界划清界限，所以看到这样的场景非常惊讶。不过想来，这样也是将幸福分享给别人的一种方式。

冬季日落时，天空的蓝色总是非常漂亮

在冬天恶劣的自然环境中，家成了象征着稳固的庇护所，它守护的不止是我们的安全与身体健康，也在精神层面上保护着我们，提供给我们幸福感和心灵的安宁。

我常把自己的租房幻想成冬日森林的小木屋，室内的炉火很旺，木柴在噼啪作响，热茶上升腾着白烟，猫在柔软的毛毯上打盹，听着它舒适的咕噜声，我希望窗外的风雪更大一些……这样的想象让我觉得自己所处的空间更加的舒适。

我的房间变成了一座小岛，与外面的世界隔离开来，连时间的流动都变得缓慢。在这样的体验中，我理解了家的意义。眺望窗外，有的邻居已经在阳台装饰了具有圣诞氛围的小灯，在每家每户的窗后，好像都有着相同的，独属于冬日的幸福。

12月10日 冷雨 圣诞集市的美食

12月刚开始，博洛尼亚市中心邮局门口的广场上便支起一个个小摊位，都是从法国来的手工商人，带来圣诞主题又具有特色的产品，有甜点、香料茶叶、手工编织、饰品、自制红酒奶酪、手工皂等。上学时总是没有闲钱，毕业后的今年我决定好好观察一下摊位上都卖什么新奇的东西。

可丽饼

可丽饼（Crepes）的做法是把混入蛋液和黄油的面糊均匀地倒在锅上再摊平，和煎饼馃子非常类似，连使用的工具都一模一样。在这里是甜点，卷进巧克力酱和香蕉，温暖松软。

可丽饼是法国的点心，很多意大利人觉得新鲜，于是在可丽饼摊前拍照录像。但摊饼小哥总是面无表情，看起来有些闷闷不乐。不过也能理解他们的摊位主要售卖各式颜色夸张的糖果，非常吸引孩子，但是任何成年人应该都不会喜欢站在糖果中间，模样好笑地做一天煎饼吧。

马卡龙

时髦的五彩缤纷小点心马卡龙（Macaron），有着圆润柔和的外形，口味丰富。蛋白霜和砂糖制成的外壳坚硬易碎，内馅黏稠扎实，形成对比的口感非常奇妙。只是味道出乎意料地甜，感觉和东方甜品的风格很不相同。

椒盐碱水结面包

椒盐碱水结面包（Bretzel）是德国比较有代表性的面包。真正品尝到之前，我以为是甜品，实际上类似于小吃但又能成为主食，可以切开放入番茄片、奶酪等配料。

它的形状在众多圆圆胖胖的面包中显得很是特殊，表面会被肆意撒上盐粒，给人一种很坚硬结实的印象。外壳光滑有韧性，内里却很松软。

肉桂饼干

在一个论称重售卖的饼干摊位，让我想起家乡的蜂蜜鸡蛋糕小铺。这里可选的饼干样式很多，也有小玛芬蛋糕。肉桂饼干的造型十分经典，像是小时候会在故事书里看到的“奶奶手工制作”饼干。黄油和肉桂的香味醇厚，饱腹感十足。

站在摊位后夹饼干的年轻女孩，衣着朴素，面容、眉眼却尤其迷人，明明这是一家奶奶风格的饼干铺啊！

香草蛋糕

香草蛋糕（Flan）的样貌很像芝士蛋糕，但是口感类似果冻，更有韧性，镜面有光泽，烤出来的焦糖色花纹很好看。味道是浓郁的香草味，很适合配上酸奶和浆果做下午茶。

后来我的一位朋友按着配方自制了这种蛋糕，我还用食品袋打包带走了一些。

热红酒

热红酒（Vino brule）是以红葡萄酒和香辛料煮制而成的热饮酒。这是我第一次喝到的比较正宗的，比起家中自制的酒精度高，在小摊上和热圣诞茶一起售卖。果味比较淡，也没有什么甜味，微微辛辣的香料味配合红酒香，给人温暖的感觉。

今日絮语

冬日里常见的两种感受：饿与困。等等，好像也不仅仅是冬日。

1月10日 多云 咖啡壶

意大利有一种特色家用咖啡壶，名为“摩卡壶”，设计得很是精巧，简单组装好放在灶上煮开，水蒸气会通过盛有咖啡粉的网，萃取出浓浓的咖啡。摩卡壶造价低又方便快捷，一两分钟就可以喝上沸腾的热咖啡，大多数家庭都会日常使用。

我曾有一位关系非常好的朋友，当时我们租了一个大房间，每天一起吃住，小家电类的生活用品也会共享，那是一段很快乐的时光。她带来一个摩卡壶，看起来有些旧了，但她总能用它煮出很好喝的咖啡。吃完简单的午饭后，我拿出我们各自的杯子，她将咖啡拿进卧室，每人一半，一起喝着，平静又幸福。

她煮的咖啡恰到好处，柔和细腻，就像她本人，总是可以用简单的素材做出非常温暖人心的东西。如今时过境迁，她已经毕业回国工作，我也更换了房子住，但我保留了饭后喝咖啡的习惯，也留着她的咖啡壶。有段时间我也拿它来煮咖啡，只是煮不出她做的味道。也许是因为我做事没有她那般认真细腻，也许只是因为煮出的咖啡现在是我一人喝。

每年我都会送朋友自制的圣诞贺卡

在新的房子里，我也曾有一位新的博士室友，住我隔壁房间。我们不能算是非常亲密的朋友，有着完全不同的专业，我学人文艺术，她读医药化学。我们的生活轨迹也完全不同，她早早出发去学校做实验、写报告，当时的我则在家每日苦读论文、参考书。那段时间平淡又快乐，我们偶尔相遇在电梯、厨房、阳台，交流学业进展或者只是分享一下做好的晚饭，交流一下楼下超市的打折信息。

她是个能量充沛、积极向上的人，常在清晨用她崭新的咖啡壶煮咖啡，走廊里弥漫着浓郁的香气，让人神清气爽，咖啡香便成了我对她的记忆。回国度假时，我带了她爱吃的巧克力酱，她告诉我，她会想念在意大利的时光，想念意大利的奶酪，想念我们共同居住的那所公寓。

近两年，我愈发感受到人生是由各种各样的相遇与告别组成。成年之后，比起重逢，我们会经历更多的告别，对此我常有种无力感。我从小就向往亲密永恒的友谊，出国留学后却经历着一次又一次的告别，我的成长便是接受这个现实的过程，与这些朋友的回忆也成了我的珍宝。即使现在我与她们有着不同的生活，但我相信在下次重逢时一定又能回到无话不谈的好友状态。

今日絮语

博士室友回国前也把咖啡壶送给了我，可是到我手里用那个壶煮咖啡总是失败，为什么呢？

工作结束后，我常到阳台上远眺，幸运时能看到绚烂至极的晚霞（图左）

如果有机会，我也好想去
雪山的圣诞度假村

1月12日 阴
想去人迹罕至的地方

提及滑雪，我便想起刚开始学意大利语时用的课本。当时有一篇文章讲述的是一对情侣争论圣诞节假期的安排，女孩说想要打破一下传统，去夏威夷晒太阳，而男孩却仍恪守传统，嘟嘟囔囔地说还是想冬天去滑雪，夏天去海边。那时我从这篇课文里第一次知道“冬天去滑雪，夏天去海边”对于意大利人来说，就像我们春节吃饺子一样理所应当。

这种把假期安排作为一种传统的现象，在中国似乎不常见。北部阿尔卑斯山附近建了不少颇有规模的滑雪场，圣诞节期间生意火爆。遗憾的是，在国外这几年间我从没去滑过雪（被意大利人听到一定会觉得不可思议），一是因为上学时出游开销太大，二是想象滑雪场熙熙攘攘的人群我就头疼。每个人对理想的假日安排都有不同的答案，离开城市的工作与日常后，我想逃进自然里，使心灵震颤的原始环境中。

去人迹罕至的地方吧，让阳光透过你适应了人造光源的眼眸，让旷野的风穿过你脆弱如纸的皮肤。广阔粗粝的大地上覆盖着从远古留存至今的苔藓与矮植被，原始丛林中茂密的枝叶阻碍着让你难以行进。

你望着山地间一片开阔的湖，它震慑人心的蓝色让你难以忘却，你望着水面的倒影，仿佛天地间万物都在其中，包括你自己，明镜一般的湖面把你心底任何不为人知的角落都照得透彻，此刻你不得不无比诚实地对待自己，就像山间的羚羊、猴子、松鼠那样。

如果这时不幸下起了雨雪，便更能体会到你渺小如沙砾，用“无情”这个词来形容自然都过于苍白。你艰难地挪动着脚步，天与地仿佛连在一起，空气中有某种静谧的低音，也许是风声，也许是雨雪，它如此细微却又在这天地间无处不在，由于恐惧你觉得它震耳欲聋。

你筋疲力尽，适应城市生活的身体从未被如此充分地利用，心脏勉强地适应着野蛮的环境。最终你成功坐上了回城的列车，重获保护，感到安全舒适的同时又有些不舍，大自然即使危险也会让人终身魂牵梦萦。

博洛尼亚城区热闹时不仅挤满人，还有狗

我收起了自己的想象，为自己不得不待在城里感到有些遗憾。自从我开启了插画师生涯之后，大多时间都在室内工作，接触自然成了一种奢望。有段时间我很喜欢芬兰插画师图苇·杨松笔下的姆明，她创造出的角色生活在一个叫姆明谷的小山谷，那里与世隔绝，仿佛世外桃源，人类与动物互为伙伴，有收获果实的喜悦，也有对冬日魔法的敬畏。

我越发觉得大自然是创造灵感的源泉，也许我们在文明的繁荣和城市丛林中不应一味莽撞向前，而是常要回头寻找已被我们遗失的属于自然的童话世界。

今日絮语

午饭又吃了德国碱水结面包，外壳坚硬，内里结实，撒上粗盐粒，不得不说它也是有野蛮气质。

2月6日 晴
在市立图书馆

博洛尼亚有很多称号，“红色之都”“美食之都”“学者之都”，每个人在这座不大不小的城市里都会拥有不同的感受。对于我而言，这座城市承载了自我读大学以来复杂的成长经历与情感，而喜欢它最主要的原因之一是——这是一座不断在学习的城市。

如果说对罗马人群的印象是成群结队、来自全球各地的游客，米兰是穿着时髦、追求时尚的青年男女，博洛尼亚则是骑着自行车、坐在广场上吃比萨的自由自在的学生。在这座充满学术气息的城市里，每年都有两万名左右新生来到博洛尼亚的大学就读，市立图书馆是学生们查阅资料，准备考试的最佳去处。最大的市立图书馆名叫萨拉博尔萨（Salaborsa），坐落在博洛尼亚中心广场上，也是我常去学习的地方。

萨拉博尔萨图书馆保留着历史的痕迹，古老而坚实的墙壁绘制着精美的花纹，通过大厅的透明玻璃地板可以看到地下的古迹，同时也能感受到当代文化的旺盛活力，在这里有类目丰富的25万册藏书，其中5万册是绘本和漫画，并且有各种语言的读物给不同国籍的孩子。还有有声读物、报纸、杂志、地图，也有DVD等音像影像资料。从语言学习工具书到装饰艺术图鉴，从信息技术到各国食谱，任何来这里的人都平等享受着阅读的快乐。

我常到青少年图书区看绘本和漫画书

在这里我感受到，阅读并不局限于抱有目的地研究学习，或功利性地提高自我，而是成了一项日常活动。很多时候读书与枯燥的学习结合在一起，让人难以接近，但在这里阅读的氛围变得轻松有趣。我常常看到不同年龄与身份的人都饶有兴趣地捧着手中的读物：戴着厚厚的眼镜读报纸的爷爷，坐在沙发上读时尚杂志的老妇，儿童区陪孩子读绘本的父母，青少年读物区身边摞着厚厚连载漫画的初中生。读书并不一定为了学到知识，仅仅是出于兴趣或者打发时间。任何书籍都是“有用的”，阅读本身就存在价值，让所有人公平地享受阅读，是这座图书馆对于我们最大的意义。

在萨拉博尔萨图书馆，我有很多平淡而美好的回忆，这里四季温度舒适，工作人员与在这里学习的学生们都彬彬有礼。从学校毕业后，这座图书馆成为了我可以继续学习的宝地，我时常会去搜集灵感与创作素材。在童书区，我甚至找到了很多中文的图画书，想到华人孩子可以在这里借阅到母语的书籍，便觉得欣慰与神奇。我时常认为城市中的文化场所都是非常奇妙的地方，隔绝掉了人类世界的争执、矛盾和偏见。萨拉博尔萨图书馆便拥有这样的魔力，继承着学者之都对文化与知识虔诚的态度，传递给每位来这里参观和阅览的人们。

大概是没找到位置学习的大学生，在儿童区的小桌椅坐了下来，看起来姿势很不自在，有些滑稽

今日絮语

最近才发现可以去图书馆借游戏卡带。图书馆官网上写着：萨拉博尔萨图书馆认为电子游戏是健康的艺术形式。直到现在，我仍觉得这是很难得的开明的想法。

2月20日 晴
在国外的中国新年

细细回想起来，我已经有8年没有在中国和家人过年了。欧洲没有农历新年的概念，在美院读书时，过年期间经常撞上考试季，我往往在忙碌的复习备考中度过，年复一年，习惯早已形成，也没有觉得多么难过。

今年过年也没有例外，我像往常一样画着画，吃过简单的午饭后打起精神给家人打电话，爸爸发来了他准备的年夜饭和窗外的烟花照片，妈妈告诉我明天亲戚来陪她包饺子。我看着屏幕另外一边的家，头脑开始混乱，竟突然怀疑起自己漂泊在外的意义，挂掉电话后再也难以集中精力。

那天下午独自一人的时光是如何度过的，我已经记不清了，只记得窗外乌云密布。

为了转换心情，我约定晚上和朋友去中餐馆。我留在国外的朋友数量不多，但是大家彼此信任、互相依靠。我们举杯庆祝新年，说着对未来的想象与祝福，在温暖的灯光和熟悉的菜肴味道中，心情得以放松下来。店里还有一些样貌青涩的中国留学生，我们悄悄打量着他们，回忆着刚来到国外读书的往日时光。

红包里的意大利彩票

离开时，餐馆老板赠送我们红包作为节日礼物，打开后竟是一张刮刮乐彩票。

我们赞叹着她的巧思，一边在大街上散步，一边热火朝天地刮开彩票，期盼着在新年的第一天财运降临。彩票上面画着西方幸运符号，有贝壳、马蹄铁、瓢虫，还有一些象征着财富的标志如金条、钻石、硬币。符号是超越语言的存在，我感叹虽然东西方文化各异但殊途同归。

童年时，我的家庭不算传统，过年并没有多么复杂热闹的活动，回忆停留在一些固定的画面：从小一起长大的表弟给姥姥拜年，说着“福如东海，寿比南山”这与他稚嫩的外表不相符的话，逗得全家人笑成一团。

那时桌上是瓜子、橘子、巧克力，大家围着电视讨论春晚，我一遍一遍地看魔术节目的重播，企图看出一些端倪。爸爸把长串鞭炮挂在窗台上，点燃后迅速关上窗户，我和他一起笑着，隔着玻璃看火光飞舞。回想起那些画面，难免有些物是人非的忧伤，童年回忆里是我，现在远离家乡想要看世界的也是我。

我曾以为过节只是一种约定俗成的习惯，离开故土后却深刻体会到它是根植血脉中的一种情感，它定义着我的身份，记录着我在故国的童年。虽出发前已坚定了信心，但每每想到遥远的家乡时还是难以掩饰自己的脆弱。

当天晚上我接到了几位意大利朋友的新年祝福，一向不苟言笑的意大利房东竟也发来信息。对于他们来说，生肖与农历新年都是异国文化的概念，但他们理解这是对我来说重要的节日。想到这里我很是感动，超越国界与语言的不仅有幸运符号，还有对家乡的依恋、团圆的期望与新年的祝愿。

在家吃火锅，和好友简便又温暖的聚餐

后记

我与绘画

我从小就不是一个聪明伶俐的孩子，学习新事物的速度总比别人慢一拍。上小学时，我花很长一段时间都学不会语文拼音、数学加减法。再加上我是个心思细密的人，如果老师生气，我会很难过。那时我常常极其紧张，总是高度集中精力，因为如果不保持这样的状态，数学老师会拿我的作业向家长告状，舞蹈老师会训斥为什么就我一个人学不会新动作，诸如此类，令我心生恐惧。

就这样，我不断强求自己做着不擅长的事情，努力“不掉队”。直到我来到了意大利才发现，即使我是外国人，同学们也没有比我学得更快，并且没有人为此而担忧。

学习绘画是一个非常复杂的过程，它并不只是从外界学习，也不存在一套适应所有人的系统教育，更多时候是不断试错，内观自我，总结经验。在很长一段时间里我都非常迷茫，尝试过很多不同的画法，也在美院的课程中做过各种各样的练习（做版画，做书，画各种应用类型的插画）。经历了长长的困顿期后，我发现用马克笔画画是一种不错的选择。每支笔的颜色都是确定的，只用考虑颜色的组合。在不断地练习中，我慢慢习惯了这种材料的使用，固定了自己的用色习惯，在绘画上变得更加从容，有目标。

回想起在美院长达5年的学习，我很难确切地总结出具体学到了什么。那些曾让我苦恼的绘画实践与史论课，从各方面让我了解插画是一门怎样的行业，并在不知不觉中塑造了我的思考方式。除此之外，在与老师和同学们的相处过程中，他们对绘画认真严谨的态度、对艺术的敬畏也深深地影响了我，让我严格要求自己作品的质量，并且不断挑战新的目标。

大三时，老师让我们画以“博洛尼亚”为主题的漫画，那时我用淡彩风格讲述了我的留学故事，如今看来当时的笔法真是松动又稚嫩

虽然这条道路漫长又艰辛，但我很庆幸自己能够从事这个职业。我不擅长与人对抗，在团队中争先，正好绘画行业也很难形成“竞争”，每个人都是不同的，每个人都能发掘出自我的宝贵之处。如今我依然面临着许多挑战，但我会心怀感激与希望，找出属于自己的道路。

这组作品是我在学校时的科学插画作业

MICRO
PLASTICS
FREE

最终的毕业设计作品样书《集市上的小偷》

黑白草稿

封面设计

开头

结尾

我的毕业设计作品《集市上的小偷》是一本无字绘本，以诙谐的故事来营造轻松有趣的氛围。重点在于书的循环架构：结尾与开头相连。我在绘本的第一张与最后一张绘制了非常相似的场面，让读者产生“既视感”。此外，这是我使用马克笔做项目的第一次尝试，在完成它的过程中，也为之后的马克笔绘画打下了基础。

小猴子从集市上偷香蕉

-3.85€
MYRTILLE
2,95 €
8.85€

小猴子戏耍摊主爸爸

女孩与爸爸产生了矛盾，小猴子带她参加它们的聚会

女孩来到小猴子们的家，大家都很热情

为了新加入聚会的女孩，小猴子回到了集市

我是如何完成一幅画的呢？首先，为了保持画面的整洁，我会先用电脑画出比较完整的线稿，同时快速地画出明暗关系后将它打印出来，再用拷贝台把图形描在白纸上，为上色做准备。

内页“梦想的小木屋”插图草稿

内页“调夏令时”插图

接下来考虑颜色。我会先从一组对比色出发来确定整体的配色方向，例如红和绿，蓝和橙、黄，紫和绿，然后增加一些邻近色来丰富画面，最后选出我需要的马克笔颜色备用。

之后就是艰难的绘制过程。马克笔这种材料无法修改，不能覆盖，画起来很有挑战性。当遇到大面积的涂色情况时，我会使用水彩或水粉，而细节部分则用彩色铅笔勾勒。

绘制内页“星空电影院”

惊心动魄的涂色阶段过后，如果有画错的地方，我会使用电脑修改。虽然一气呵成的作品更生动，但实在没办法做到时也要对自己包容一些，绘制下一幅画时再接再厉。绘画时的心态很重要，要相信自己的能力，即便有不满意的地方，也要学会将错就错，见招拆招。

人物是最后加上的，没想到吧

为参加比赛绘制的单色海报，黑白草稿与成品

Witches Feast
The Sea anemone Valley
Designed by Yuqing

图书在版编目（CIP）数据

博洛尼亚四季 / 马宇晴著绘. -- 北京 : 中国轻工业出版社，2024. 11. -- ISBN 978-7-5184-5147-0

I. I267.5；J228.5

中国国家版本馆CIP数据核字第2024B7H424号

责任编辑：刘忠波　　责任终审：高惠京

文字编辑：陈姿兆　　责任校对：朱燕春　　整体设计：董　雪

策划编辑：刘忠波　陈姿兆　　排版制作：梧桐影　　责任监印：张京华

出版发行：中国轻工业出版社（北京鲁谷东街 5 号，邮编：100040）

印　　刷：天津裕同印刷有限公司

经　　销：各地新华书店

版　　次：2024年11月第1版第1次印刷

开　　本：720 × 1000　1/16　印张：12.25

字　　数：200千字

书　　号：ISBN 978-7-5184-5147-0　定价：98.00元

邮购电话：010−85119873

发行电话：010−85119832　　010−85119912

网　　址：http://www.chlip.com.cn

Email: club@chlip.com.cn

231253W3X101ZBW

轻工社 插 系列图书
在巴黎的每一天
一个人的意大利
去剑桥学插画
东京插画故事
从零开始做绘本
从伦敦出发
从北京出发
波波和莫奈
大不列颠平常日
绘游北纬50度
博洛尼亚四季
小红书旗舰店
插画 + 小红书账号